Por trás dos sete véus

Por trás dos sete véus

Fátima El Kadri

Quelônio

A meus pais, Mohamad Omar El Kadri (in memorian) *e Laila Mourad El Kadri, e meus avós, Mustapha Ali Mourad e Mehsne Ali Mourad (in memorian), imigrantes libaneses que construíram suas vidas no Brasil e inspiraram boa parte das histórias contadas neste livro.*

Prefácio

Quando comecei a escrever este livro, queria falar sobre as mulheres que foram criadas dentro da cultura árabe e da religião islâmica em um mundo ocidentalizado, já que sou uma dessas mulheres. Tenho a impressão de que o mundo gira em maior velocidade agora do que naquela época, há mais ou menos dez anos, pois eu já não sou mais a mesma e o mundo já não é mais o mesmo. Mas o propósito de contar histórias inspiradas em meus ancestrais libaneses continuou vivo. E agora, mais do que nunca, sinto que precisamos falar – não apenas sobre as mulheres, mas sobre o povo árabe.

Mulheres que foram e ainda são vítimas de preconceito somente por escolherem usar um *hijab*. Que não tiveram o direito de escolher com quem poderiam se relacionar e lutaram por sua liberdade, como a personagem Amina, do conto que abre este livro; ou "A irmã mais velha", que, aos 13 anos, se viu obrigada a decidir com quem iria se casar –

quando, na verdade, ela só queria ser o que era – uma menina.

Ou pessoas que, muitas vezes, vivenciaram de perto o horror de uma guerra. Essa insanidade que, infelizmente, está mais presente do que nunca nos dias de hoje.

Agora, enquanto estou escrevendo este texto, quantas pessoas inocentes estão morrendo vítimas de ataques militares à população civil do Líbano e da Palestina? Quantas mães já perderam seus filhos? Quantas crianças estão órfãs e sem perspectiva alguma de um futuro próspero porque perderam suas famílias e suas casas, junto com a possibiildade de acesso à educação e uma vida digna? Quantas pessoas não têm o que comer, onde dormir? E quantas já não sacrificaram suas vidas em nome de um extremismo injustificável?

As imagens que circulam sem parar na internet nos últimos meses nos dão uma pequena mostra, mas só quem sobrevive e ainda resiste a um período de guerra é capaz de mensurar os danos causados pelas armas – e pelos homens – que, com certeza, poderiam dar fim a esse conflito se houvesse a disposição para um diálogo diplomático. Sim, talvez seja ingenuidade minha pensar que podemos chegar a um acordo, mas é preciso ter esperança de que isso vai acabar, um dia.

A paz não pode ser vista apenas como um desejo ou um sonho distante. A paz é uma necessidade para todos nós, porém ela jamais será conquistada à custa de tanta destruição e morte.

Algumas das minhas histórias, como "O sol que não se põe" e "Mártir", abordam a luta pela sobrevivência e o extremismo religioso de forma sutil e emocionante, ao evidenciar a força de suas personagens.

Para além da guerra, os contos que compõem este livro contam histórias de mulheres corajosas, que desafiaram seu tempo e seu espaço, derrubaram paradigmas e alteraram as rotas dos seus destinos, sem jamais abandonar a beleza, o encantamento e o orgulho de suas raízes.

Que essa obra seja um manifesto pela PAZ, que um dia há de reinar, não só no Oriente Médio, mas em todo o mundo.

Fátima El Kadri
outubro de 2024

Por trás dos sete véus

História de liberdade, amor e fé

1.

Era um velho conhecido. Andava fugindo dele, mas ele me perseguia. Então – pensei – era hora de encará-lo, mesmo marcado do tempo e de dedos sujos. Não que eu estivesse muito diferente. Mas ele era meu. Ele era eu. Era só olhar para ele: quando choro, ele chora. Quando sorrio, ele sorri também.

Seu toque frio me faz encolher e me revirar. As mãos úmidas que se esquentam agora esquentam o meu reflexo de suor e lágrimas. Apago o vapor da minha própria respiração e me enxergo límpida e clara. Quando ele brilha, eu brilho mais.

Entre cabelos negros há brancos intrusos. Os olhos grandes, como sempre iluminados, embora as pálpebras estivessem já murchas. O sorriso? Este se apagara há um tempo. Espalmo as mãos, escondo o rosto. Simplesmente não quero ver.

Desato o *hijab* que cobre meus cabelos, tiro a blusa e deixo que a saia escorra pelas pernas, depois as roupas íntimas. Aqui estou eu, diante dele. Meu corpo é quase o mesmo; alguns quilos a mais, talvez, mas quem se importa?

Queria tanto ter feito uma cirurgia plástica; aumentar um pouco os seios, talvez. É que, naquela época, essa coisa de reformar o corpo era novidade. *Baba* me repreendia, porque era "coisa dessas ocidentais malucas! De onde eu vim, a gente nasce e morre com tudo que Deus nos deu, não se pode acrescentar ou tirar, como se fossem acessórios de uma máquina! Se Allah te deu seios desse tamanho, é porque era assim que tinha de ser!". "Mas eu nasci no Brasil, *Baba*. Nasci no Ocidente!" "Não, você não é, Amina! Nós não somos. Você nasceu aqui por acaso. Nossa cultura, nossos costumes, são bem outros! Você sabe disso!"

É, eu sabia bem disso.

Estava prestes a completar dezoito anos e já ganhava algum dinheiro com meus quadros, mas decidi arranjar um emprego como caixa de supermercado. *Baba* não permitiu que eu continuasse, pois os gerentes exigiam que eu tirasse o *hijab* durante o expediente. Eu usava o *hijab* ao chegar e sair, tirando-o apenas ao assumir meu posto no caixa. Minha vestimenta poderia provocar desconforto e comentários maldosos. Não consegui sequer completar o mês. Tinha umas economias, pouca coisa. Meu desejo era viajar, estudar pintura, literatura, mas *Baba* nunca deixaria. O que eu queria mesmo era sair de casa. Ah, era melhor não pensar nisso agora.

Ligo o chuveiro e ouço o barulho da água caindo. Prefiro o som da água em movimento à sua inércia silenciosa em uma tina de madeira ou banheira, seja lá onde for. Os azulejos escuros das paredes umedeciam, ao passo que meu reflexo no espelho embaçava.

Um perfume suave mistura-se ao ar quente. Esfrego os cabelos, já completamente encharcados. Espuma escorrendo pelo rosto; fecho os olhos e vou descendo, conduzindo-a até o pescoço, os ombros, o colo. Quando chego aos meus pequenos seios, demoro-me um pouco mais, acariciando-os. Desenho círculos nos mamilos. Agarro-os. Respiro fundo. Curvo a cabeça para trás e recosto-me na parede. Pego o sabonete e faço mais espuma para o ventre e as nádegas. Apalpando-as, desço um pouco mais a mão que estava livre.

Abro as pernas o quanto posso mirando-me no espelho embaçado, meu único e eterno cúmplice. Concentro-me enquanto meus dedos exploram, contornando todas as áreas do meu corpo. Guiados pelas lembranças, os dedos já agem sozinhos e a mente esvazia, escorregando pelo azulejo frio, aos poucos. A respiração responde, entre calma e acelerada, o ar transforma-se em nada. E me aperto, me esfrego cada vez mais forte, cada vez mais fundo e gemo em silêncio e me confundo, e choro encolhida no box do banheiro, ao lembrar de quem eu fui. Entorpecida de prazer e dor.

2.

Ao fazer dezoito anos, tomei coragem e pedi a meu pai um carro de presente. "O seu marido poderá dar-lhe um carro. Ou dirigir para você! Não é ótimo?", foi o que ele me respondeu quando me desmontei no sofá e meus olhos, assustados, se encheram de lágrimas.

O noivo era o patético primo Nagib. Beirando os cinquenta anos, um e setenta de altura, no máximo, usava uma casaca branca e goma nos cabelos. Cheirava a naftalina e suava frio, além da língua presa e do mau hálito. Isso sem falar nos dentes amarelados de nicotina. Veio naquela noite, a do meu aniversário, com toda a sua família, um anel de ouro 18 quilates e esmeraldas, suponho. Meu coração acelerou, as pernas amoleceram, a cabeça girou. Quase desfaleci. Felicidade? Não. O nome disso era desespero.

Eu era uma estátua viva: todos falavam comigo ao mesmo tempo, mas eu não os ouvia; me abraçavam; não sentia, um dos meus irmãos me pegou pela mão, girou comigo ao som da música árabe pela sala cheia de convidados, meu corpo rodopiava, mas por dentro eu gritava e doía.

Atirei a joia no chão e saí daquela casa o mais rápido que pude, só com a roupa do corpo e uns trocados. Já do lado de fora, pude ouvir os gritos desesperados de *Yama* "Volte aqui, Amina!" Toda a vizinhança saiu para espiar. Minha ex-futura sogra não se conteve "Charmuta!" Aos olhos de todos, eu era uma puta! Somente o noivo abandonado parece não se abalar.

"Eu sabia que ela era uma charmuta, *Yama*, eu disse à senhora! Vamos sair daqui!"

E de *Baba*, veio minha sentença:

"Não tenho mais filha!"

Era o preço a pagar por minha audácia. Meus irmãos correram atrás de mim, mas consegui despistá-los na esquina, onde peguei o primeiro ônibus que passou. Deixando jantar, bolo e o amor de minha família para trás.

Rodei naquele ônibus durante horas. Adormeci. Tive pesadelos em sequência. Aquele homem me esperando na sala. Um vestido de noiva sujo de sangue. Flores murchas no altar. O ruidoso lamento de *Yama*. O desgosto de *Baba*. Meus irmãos. Semblantes sombrios.

Por Allah, jamais serei perdoada!

Felizmente ou não, o motorista me despertou do sono terrível:

"Ei, você aí, está achando que ônibus é hotel? Aqui é o ponto final, moça!"

Hesitante e cambaleando de sono, desci do ônibus. Estava frio e não tinha um casaco. Se ao menos eu ainda tivesse o véu. Na corrida, ele escorregara e lá ficou, certamente já estava destroçado no asfalto. Ou quem sabe uma boa alma pudesse tê-lo recolhido a tempo e ter feito bom uso dele. É o que eu realmente espero. Meu véu de seda pura libanesa, lembrança de *sitô*, minha querida avó. Verde-água, brilha à luz do sol ou da lua. O que teria acontecido com ele? Fora realmente destruído ou salvo por alguma moça de gosto refinado, admiradora de lenços? Seja para usar na cabeça, seja no pescoço, como era mais comum entre as *brazili*. O que eu sei é que não importa onde se usa o véu. Importa o que ele representa. Não é só a pureza, é mais do que isso: é proteção. O véu protege a sua beleza, preserva a sua alma. E isso é o que atrai um homem, que o faz querer ver o que está por trás dele. Palavras de minha *Yama*.

Então entendi, naquele momento, que não havia abandonado apenas minha família, mas também a proteção do véu. Estava desprotegida.

Andei durante muito tempo, até não suportar mais. Vi o nascer do sol pela primeira vez e me dei conta de que nunca havia visto tanta beleza. Quanta coisa ainda havia para ver. Mas meus pés estavam doloridos e inchados demais para que eu pudesse processar qualquer outra coisa. Minha cabeça doía, eu estava sem comer há muitas horas e ainda não tinha para onde ir.

Sentei-me no pequeno banco da praça, ouvi o canto de um bem-te-vi saudando o novo dia e consegui, finalmente, sorrir um pouco. Havia comércio em volta, algumas lojas de roupa, cafés, restaurantes. A fome me cutucando por dentro. Foi quando parei em frente a uma portinhola e a fachada do local me chamou a atenção: tinha um letreiro estilizado à moda árabe, onde se lia: *Maktub - Casa de chá e café árabe.* Com certa dificuldade, subi os degraus da escada que dava acesso ao local. Não havia ninguém no salão, que tinha uma decoração bem típica: toalhas vermelhas e douradas, cortinas azuis. Uma cristaleira antiga guardava muitas peças tradicionais: xícaras, bules, talheres, a grande maioria dourada. Narguilés de todos os tipos, tamanhos, cores. Nas paredes, artes remetiam à cultura mediterrânea. Empilhadas em um canto, diversas almofadas brancas. Sim, nós gostamos de tomar chá com nozes e azeitonas, sentados em almofadas com toalhas estendidas no chão. Os ocidentais acham estranho, mas é tão divertido. Adorava fazer isso com *Baba* todas as tardes. Imagens de cidades libanesas, como a capital, Beirute, os Alpes em Brumana e a Gruta de Jitah. Numa tapeçaria, o desenho da mesquita da Arábia Saudita, o túmulo do Profeta! Meu pai tem o maior orgulho de seu tapete na parede da sala. Eu nunca fui, mas é como se conhecesse pessoalmente esses lugares, de tantas fotografias que já vi, tiradas por algum parente próximo que teve a sorte de ir. E, é claro, pela infinidade de histórias que já ouvi sobre eles. Só ali eu me dei conta do quanto gostaria de conhecer a terra dos meus pais. Mas agora, ela estava mais distante do que nunca.

Uma voz feminina me traz de volta ao salão. Viro-me para encarar a mulher atrás do balcão, de estatura média, avental, meio ruiva, peço, por favor, pode me servir um café?

"Pois não. Sente-se. Gostaria de algo para comer?", ela indaga, induzindo-me a olhar o cardápio ansiosamente, só para constatar que não poderia pagar nem por um pão-folha com manteiga.

"Só o café", respondo. Muito bonito seu estabelecimento.

A atendente agradece, logo explicando que não era a dona.

“A que horas poderia encontrá-la?”, questiono, um tanto apressada. Ela chega às 9h. Não é de se atrasar – os ponteiros do relógio já apontavam o horário na parede.

Em seguida, uma distinta senhora de cabelos avermelhados, olhos amendoados e sorriso fácil aparece na porta.

“Olha ela ali”, aponta a moça do balcão. Era a Dona Mariam. Depois de dar um discreto bom dia com forte acento libanês, a mulher levou um susto quando eu me postei à sua frente. Já que não tinha mais nada a perder, então falei de uma só vez, em alto e bom som, como se tivesse decorado um texto para um monólogo:

“Bom dia, D. Mariam, meu nome é Amina, tenho dezoito anos e sou filha de libaneses. Sei tudo, quer dizer, quase tudo, sobre a cultura árabe, fazer café, chá, pratos típicos, e sirvo muito bem. Até falo um pouco de árabe. Quer dizer, mais entendo do que falo... faço uma boa limpeza e também pinto quadros, se a senhora assim quiser, para incrementar a decoração. Eu ainda posso...”

“Seus pais sabem disso?”, Mariam interrompe-me.

“Meus pais moram no Líbano, senhora. Eu acabo de chegar e não tenho sequer um lugar para morar.

"Fala muito bem o português para uma recém-chegada", a mulher não se convence.

"Pois é. Meus pais falam português. Aprendi com eles", respondo num breve gaguejar. A comerciante não se dá por satisfeita.

"Seu sobrenome?"

"Youssef", digo o primeiro que me vem à cabeça. Em seguida, a pergunta que já esperava:

"De qual cidade é sua família?"

"Baalbek."

Minha família era de Ghazze, no Vale do Bekaa, zona rural libanesa. Eu achava bonito esse nome. Baalbek é a cidade das ruínas. Se ela resolvesse investigar meu sobrenome verdadeiro e a cidade, descobriria o que aconteceu comigo. Aliás, a essa altura, toda a comunidade da aldeia – daqui e a de lá – já devia estar a par da desonra cometida pela filha de Abu Kamel.

Apesar de desconfiada, a elegante dona da casa de chá olhava para mim com um sentimento que oscilava entre curioso e caridoso e me fez a última pergunta:

"Você sabe dançar a dança do ventre? A dos sete véus?" Acho que não consegui disfarçar a tristeza e a decepção em meus olhos. Baixei a cabeça. Ela continuou:

"Tenho um pequeno quartinho no andar de

cima. Você pode se acomodar lá. Também tem um chuveiro. Não é muito bom, mas como dizem os *brazili*, 'quebra um galho'. Durante o dia, você ajuda a Rosa na cozinha e na limpeza, além de servir as mesas. À noite, ensaiamos. Todas as noites, sem exceção. Você terá duas semanas para aprender a dança, caso contrário, RUA, estamos entendidas? Você tem porte e me parece uma garota muito inteligente. Se fizer um esforço, vai aprender rápido. Rosa, providencie toalhas limpas para a mocinha tomar um banho. Onde está sua mala, menina?"

Disse-lhe que fora extraviada, despertando olhares desconfiados. Guardando a desconfiança para si, a dona da casa finalmente me ofereceu comida, garantindo que me traria roupas mais tarde.

3.

Iniciei os trabalhos naquele mesmo dia. Rosa me explicou a rotina da casa. Comecei a limpeza do salão às seis, tirar pó e lustrar todas as peças. Lavar os banheiros, as toalhas, estendê-las, varrer o chão, e montar as mesas com os castiçais. Apesar de não ser muito boa na cozinha, aprendi a fazer alguns doces e salgados típicos com *Yama* e, com o tempo, absorvi a prática. Era muito trabalho, mas eu estava feliz por Allah ter me dado uma nova chance, um novo caminho.

A rotina do dia não seria totalmente estranha para mim. O que me preocupava era a rotina da noite. Meu expediente terminava às dezoito horas e naquele mesmo dia já começaria os ensaios, digo, as aulas de dança do ventre, já que nunca tinha dançado antes. Lembrei-me de quando acompanhava as minhas primas Lâmia e Dúnia às aulas, mas nunca tive coragem de fazê-las. Apesar de ter vontade, era muito desajeitada e tímida para uma dança que exigia tanta desenvoltura e sensualidade.

Sentia-me apreensiva, pois aquilo tinha poucas chances de dar certo. A entrada da casa de dona Mariam tinha um espelho bem grande na porta, que, segundo ela, servia para "rebater más vibrações e refletir as boas". Parei em frente a ele e ali fiquei não sei por quanto tempo, com a boca seca e o coração batendo forte. Sempre tive uma fascinação muito grande por espelhos. Acho que refletem muito além da nossa imagem e semelhança. Que além do reflexo existem muitos segredos que só nos permitimos revelar a ele. Até que a patroa cutucou meu ombro:

"Venha logo, menina, entre aqui!"

A sala era ampla e tinha uma decoração bem típica, com tapetes no chão e emoldurados nas paredes, além de peças de ouro e bronze gravadas com as escrituras do Alcorão. Ao final de um corredor estreito e longo, subimos uma escada e chegamos ao que ela chamava de quartinho de ensaios, onde estavam mais duas garotas, Fátima e Soraia, as filhas de Dona Mariam.

Elas me orientaram na execução dos exercícios de aquecimento, pois era necessário estender os músculos para que ficassem bem relaxados.

Depois, me apresentaram os movimentos básicos. O giro na ponta do pé, a leveza das mãos, o balanceio dos quadris, as posições de cabeça e ombro.

"Sabemos que parece complicado agora, mas quando a música começar a tocar, você sentirá vontade de dançar. Acredite, isso é tudo o que você precisa", disse-me Soraia, enquanto Fátima colocava a música.

Até então, nada me tinha feito sentir mais saudade de casa do que aquele som tão familiar. Senti os olhos marejados. Instintivamente, meu corpo foi obedecendo ao toque do bumbo, da darbuka e da flauta oriental.

Dividia meu tempo entre o trabalho na casa de chá e os estudos de dança. No intervalo do almoço, eu também ensaiava. Ia para o meu quartinho e rodopiava, rodopiava até tontear e às vezes até cair, contraindo o ventre e fazendo os movimentos sinuosos característicos, difíceis de sincronizar com o trabalho das mãos.

Ganhei um computador velho das minhas novas amigas, Fátima e Soraia, onde podia procurar músicas e vídeos na internet. Apesar de exausta, eu estava muito motivada, pois vinha evoluindo de maneira surpreendente nas aulas, e os clientes davam boas gorjetas. Entretanto, faltando dois dias para acabarem as duas semanas do meu período de experiência, me dei conta de que ainda não tinha ensaiado com a roupa e muito menos com os véus. Aquilo não era um bom sinal.

Perguntei a dona Mariam quando poderia dançar com a roupa típica e ela me respondeu, com uma expressão solene, que, ao final daqueles dias, se ela achasse que meu desempenho havia sido satisfatório e me deixasse continuar lá, eu receberia minha roupa de odalisca.

Fiquei animada, mas ao mesmo tempo preocupada. Por que ela havia falado daquela maneira tão ríspida? Tinha certeza de que, naquele curto período, eu havia evoluído mais do que qualquer aluna. Será que havia possibilidade de ela me mandar embora?

4.

Chorava desesperadamente sobre o caixão. *Baba* e meus irmãos olhavam-me com desprezo, culpando-me por sua morte.

"Não, não sou culpada!", eu gritava, mas no fundo, sabia que era. Naquela manhã, acordei assustada e encharcada de suor, depois de mais um pesadelo. Precisava falar com *Yama*. Saber se estava bem e pedir perdão. Mas tudo era tão recente. Era uma sexta-feira cinza de outono. Sexta-feira, um dia dedicado à oração. Saí da casa de chá às cinco da manhã e fui à mesquita do Centro. Talvez não houvesse forma mais eficaz de pedir perdão.

Com um véu emprestado, ajoelhei-me em direção ao sol, no tapete verde do amplo salão, e rezei junto com dezenas de outras mulheres na ala feminina. As lágrimas não me abandonaram, mas vieram acompanhadas de uma paz que há muito tempo meu coração não alcançava. Às vezes esse negócio funcionava. *Allahu akbar*! Lembrei-me do que *Yama* sempre dizia: um sonho ruim quase sempre antecede uma realidade muito boa.

No caminho de volta, não parei de pensar. Minha mãe não merecia tamanho sofrimento. Quanto a meu pai, eu o amava apesar de tudo. Amava meus irmãos, minha família, mas não deixaria que eles determinassem meu destino. Não me arrependo do que fiz e sei que não me arrependerei. Recordo-me de todas as discussões que tive com *Baba* a respeito de meu casamento, que geralmente terminavam comigo subindo os degraus da escada, apressada, ouvindo os berros vindos da sala:

"Você não é uma ocidental, Amina! Não aja como se fosse!"

"Sim, *Baba*, eu sou. Nasci no Brasil."

E batia a porta do quarto, exasperada. Arrancava o véu da cabeça com toda a minha raiva e sentava-me diante do meu espelho, assistindo ao choro dissolver a pintura que eu levara uma hora para fazer.

Yama deu à luz a mim no navio durante a viagem do Líbano para o Brasil, que durou cerca de um mês, eu acho. Ela disse que, quando começou a sentir as dores do parto, já estava no Rio de Janeiro. Portanto, posso dizer que sou carioca.

Aos quinze anos, me apaixonei por um garoto na escola. Só que ele era *brazili*. Uns quatro anos mais velho do que eu, usava brincos, falava umas palavras estranhas. E falava do véu. Perguntava por que eu tinha que usá-lo.

"É bonito, assim como a dona", ele dizia.

Gostava de ler poesia. Gosto raro entre os jovens. Fomos à biblioteca e ele leu para mim. Pessoa, Neruda, Espanca. Passeando por entre as estantes de livros, pediu para ver meus cabelos. Corei. Tremi. Não! Era minha proteção! Implorou. Uma, duas, três, cinco vezes. Até que sua boca procurou a minha. O véu caiu. Suas mãos desceram da nuca para cavar minha longa saia. Não olhei, senti. Uma dor aguda rasgou-me por dentro. Um torpor. Vento soprando da janela. Tremor. No começo foi ruim, mas ficou bom. E o frio virou calor. Ele suava e gemia baixinho, eu queria gritar, mas sequer podia respirar. Logo depois, teve que se mudar de cidade. Nunca mais fui a mesma depois daquela tarde. Foi assim que descobri que a paixão é algo tão fácil de acontecer e tão complicado de se viver.

Saltei do ônibus na praça e corri para o trabalho, já atrasada. O sol estava se pondo. Era um dia de grande movimento, estava chegando a hora de fazer o desjejum do Ramadã.

Ao chegar, encontrei um bilhete de D. Mariam dizendo que não haveria ensaio. Fiquei pálida. Quase aliviada.

Fechei o salão e fui para meu quarto. Ao abrir a porta, uma alegre surpresa: a saia com os sete véus, um de cada cor do arco-íris, junto com o sutiã bordado de pérolas e paetês, reluziam sobre a cama, acompanhados de outro bilhete, que dizia:

"Bem-vinda à Família, Amina!"

5.

Naquela noite, não consegui dormir. Não fiz café nem chá. Quebrei uma xícara, e Rosa cuidou de lustrar as peças da cristaleira. As outras garçonetes serviram as mesas. A patroa me levou ao salão de beleza. Cabelo, unhas, pele, maquiagem. Há quanto tempo! Três meses de casa. Trabalho, muito trabalho. Limpava, cozinhava, lavava, passava, servia, ensaiava. Cansaço. Dores do corpo e da alma. Saudades, muitas saudades. Perda de peso. Pernas torneadas. Músculos mais rijos. Valera a pena! Será?

Um cartaz na porta do estabelecimento já anunciava. Abri o velho armário e retirei meu precioso traje, repousando as mãos sobre o tecido bordado, as cores, os pingentes dourados, a delicadeza. Minhas primas, Lâmia e Dúnia, ficariam orgulhosas ou com inveja? E quanto à *Yama*? *Baba* sentiria ainda mais vergonha, me arrastaria pelos cabelos?

Uma lágrima ameaçou borrar a maquiagem. Não podia me dar a esse luxo. Já estava quase na hora do show.

Ouvia o barulho do salão, o público começava a chegar. Colei os ouvidos na porta. Parecia que a casa estava cheia. Abri apenas uma fresta e arregalei os olhos. Minhas pernas bambearam e um pensamento ruim sombreou minha mente: não vou conseguir! Batidas na porta atravessaram meu desejo de fugir.

"Menina, você ainda não está vestida? Corra, já está quase na hora! Olhe quanta gente veio vê-la."

As irmãs escancaram a porta do quartinho e tive a visão completa do salão. Todas as mesas lotadas. Cadeiras extras em círculo. Pessoas em pé. Cada metro quadrado devidamente ocupado, e era por mim que todos esperavam. Vesti-me apressada e ansiosa, com a ajuda de Fátima e Soraia. A saia, o sutiã, as joias – brinco, colar e anéis vistosos. Os véus. Cuidado com eles! Um por um foram sendo colocados. Um retoque para realçar os olhos. Mais delineador e sombra cintilante. Em meu rosto, apenas eles seriam vistos. Cobri os cabelos. Estava brilhando. Mas faltava algo. Perfume! Quase esqueci. Agora sim, era a hora do show. A música começou a tocar antes mesmo que eu saísse do quarto. Desci as escadas rezando, pedindo proteção. Antes eu não tinha um véu, agora tenho sete. Tudo daria certo.

O som foi aumentando de volume e intensidade. Tinha vontade de dançar. Era tudo o que eu precisava. Ao chegar ao último degrau, avistei Fátima, Soraia e sua mãe, que agora era minha também. Elas sorriram e apertaram as mãos uma na outra num desejo sincero de boa sorte. Eu já estava cara a cara com o público. Meus passos ritmados pelo toque do tambor adentraram a roda no centro do salão. Totalmente coberta pelo véu, que deixava transparecer formas perfeitas. Balancei os quadris com movimentos suaves e alternados, lentos e rápidos. Na ponta dos pés, dei uma volta inteira no círculo e rodopiei abrindo os braços, contraindo o ventre, desenhando curvas no ar, fazendo os véus voarem. Surgiram as primeiras notas inseridas na base da minha saia. Pisei em moedas. Viva! O ritmo da música acelerou. Atirei o primeiro véu no chão, descobrindo uma perna. O segundo, do outro lado. Girando em sequência, ao ritmo da música, removi os véus da saia, do abdômen e dos meus quadris. Num gracejo, ajoelhei-me estendendo o tecido maior em minhas costas e levando o tronco para trás, estremecendo os seios inflados pelo bojo do sutiã.

Antes do término da música, recolho os véus e as moedas do chão, graciosa e cuidadosamente, reverenciando o público. Ao último toque, fui ovacionada. Não satisfeita, a plateia pediu que eu tirasse o véu do rosto. Apresso-me e apenas sorrio.

O dia seguinte é de festa. Todos os clientes comentam a performance da noite anterior, perguntando quem é a garota. É uma bailarina internacional. Já dançou em vários países do mundo e veio ao Brasil só para se apresentar aqui, em nossa casa, fantasio. Obviamente, solicito aos meus colegas que não revelem aos clientes quem é a garota dos sete véus.

Os shows de dança acontecem três vezes por semana: sexta, sábado e domingo. Eu sou a atração de sábado. Nos outros dias, Fátima e Soraia dão conta do recado, com outras danças, reunindo homens e mulheres, como a dabke, a dança de roda, da qual os espectadores participam ativamente e na qual tocam instrumentos.

A semana passa voando e eu me preparo para a segunda apresentação. Minha dedicação foi recompensada, ganhei ali o que não ganho em um dia inteiro de trabalho. Então, precisava fazer cada vez melhor. Para isso, continuava ensaiando todas as noites e em meu horário de almoço.

Na segunda noite, havia ainda mais gente, tanta gente que o espaço não comportava. Formou-se, então, uma fila grande na porta. Não havia outro jeito senão fazer duas sessões. Eu dormia com a dança, sonhava e acordava com ela. Ao menos não tinha mais pesadelos, embora a saudade estivesse sempre presente. Em contrapartida, meu rendimento como copeira da casa de chá já não era o mesmo. Certa vez, peguei no sono no meio do expediente. Estava exausta e Mariam sabia disso. Como o movimento vinha crescendo consideravelmente desde a minha primeira apresentação, ela estava sorrindo de orelha a orelha e não foi difícil convencê-la a me dispensar do trabalho braçal diurno. Mais tempo livre para os ensaios, academia e salão de beleza.

"Você precisa estar sempre impecável. Sua arte não se sustenta sem sua beleza."

Palavras de minha segunda *Yama*.

A dança mudou minha vida e eu mudei com ela. Sentia-me mais alegre e confiante. Pensei sobre minha sorte. Depois de tantas dificuldades, Allah finalmente estava me abençoando.

6.

Quase todo domingo a mãe de dona Mariam aparecia na casa para tomar chá e café com rosquinhas de gergelim e degustar alguns outros doces e salgados. A família, da qual eu agora era membro, reunia-se em volta de uma mesa redonda e ouvia as histórias de sabedoria da simpática senhora, sempre intercaladas por alguma fofoca da colônia árabe

"Você soube que Hana se separou? Como, não se lembra? Hana, sua prima de terceiro grau!" E emendou: "O Seu Omar, o dono da loja de móveis, morreu esta semana. Câncer, coitado. Doença maldita, essa. A missa é domingo que vem. Vê se aparece lá na mesquita, hein? Não fosse ele, você nem teria montado isso aqui. Há quanto tempo você não faz suas orações? Véu já não usa mais! Onde já se viu, viúva sem véu, assim, jogada ao vento!"

Para não perder o costume, falou em castigo, *haram!*, que a filha, que tinha vivido em pecado tinha que compensar com as orações. Mas logo mudava de assunto, como se aquilo não tivesse tanta importância.

"Fiquei sabendo que há uma nova dançarina do ventre aqui. Quem é?"

Olhei para minhas irmãs postiças e baixei a cabeça.

"É você, não é? A menina que Mariam adotou. Eu sabia que havia alguma coisa nessa história."

Aquele rosto enrugado tinha uma expressão indecifrável. Mariam lançou um olhar irritado para a mãe, e Soraia tentou apaziguar a situação: *Sitô*, por que a senhora não lê a borra do café para nós?

Constrangida, tentei sair da mesa, mas D. Hayet não permitiu.

"Você vai embora na melhor hora, a do café? Não quer saber da sua sorte, menina? Ora, como não? Todas vocês querem. Não me faça tamanha desfeita!" ordenou com seu forte sotaque, ao que, sem alternativa, obedeço.

Soraia trouxe o café. E, diferente de mim, parecia muito animada. Alcancei uma xícara e servi.

"Não tome agora! Tem que deixar o pó decantar", apressou-se em me alertar.

"Eu sei!", respondi, quase alterando a voz.

Enquanto as irmãs discutem a melhor hora de tomar o café, reparo na pequena porcelana com detalhes em azul e dourado, sem asas e arredondada. Vejo o líquido escuro, cujo cheiro automaticamente me transporta à minha casa. Minha adorada *Yama* também lia a sorte traçada pela borra de café.

Certa vez, acho que a última em que preparei o café e tomei-o com a mesma expectativa adolescente de Fátima e Soraia, disse-me que via um pássaro abrindo as asas e um grande relógio de ponta cabeça. Aquilo significava que grandes mudanças estavam por vir. Um pássaro engaiolado finalmente se libertaria. Pelo visto, ela acertara.

"Vamos, Amina, beba!"

Viro a xícara de uma só vez e devolvo-a para a mesa com a boca virada para baixo. Após alguns minutos, desviramos as xícaras e olhamos para dentro de cada uma delas. Era impressionante como o pó de café virava pintura no fundo branco. E os sábios, de mais idade, enxergavam nele coisas que nós, os jovens, nem podíamos imaginar.

"Vejamos, então, Soraia. Você tem vários caminhos abertos, mas não sabe o que quer, minha neta. Há dois galos bem bonitos aqui. Você só precisa escolher um deles. E tem de ser logo, ou vai deixar sua felicidade escapar pelos dedos? Ao menos nos estudos está muito bem. Você tem tudo para ser feliz, habibe. Só depende de você.

Nunca se esqueça disso.

Ela esboça um sorriso duvidoso no canto da boca, inserindo o dedo polegar no fundo da xícara e a avó sinaliza:

"Você tem um coração muito puro. Tome cuidado com as amizades. Com um beijo na testa da avó, Soraia dá lugar à irmã."

"Minha doce Fátima, o que será que o destino lhe reserva? Vejo você aqui num lugar muito bonito, muito calmo. Acho que vai viajar. É, isso mesmo. Você quer, não quer? Vamos para o Líbano? Tem um peixe grande aqui também. Ganhará muito dinheiro. Está indo muito bem. Continue nesse caminho e tudo dará certo para você. Decepcionada e quase irritada, a neta interpela a avó:

"Só isso? Nenhum galo em minha xícara? Eu já tenho dezesseis anos!"

"Fique tranquila, minha querida. Tudo tem sua hora e seu tempo. Coloque seu dedo aqui, o fundo da xícara é seu coração. Olhe aí o que eu digo: ele está pesado. Pare de se preocupar com o futuro ou não conseguirá viver o presente." Mas a menina não se contenta:

"A senhora nunca vê nenhum galo na minha xícara! Não é possível! Isso é sacanagem, sitô", esbraveja. E todas nós caímos na gargalhada. Chega a minha vez. Torço para que a velha Hayet não desvende meu passado além do meu futuro.

"Menina Amina! Sua xícara ficou escura demais, os traços ficaram borrados, o que talvez mostre que você tem coisas mal resolvidas no seu passado que estão atrapalhando seu caminho. Consigo visualizar algo como um homem sentado numa cadeira, cabisbaixo, muito triste mesmo. É como se eu estivesse sentindo a dor no coração dele, aqui, agora. Esse homem quer vê-la desesperadamente. Ao lado dele, há uma mulher, ajoelhada e igualmente abalada. São seus pais, não são?"

Sinto as lágrimas escorrendo, não consigo controlá-las, muito menos responder à pergunta. Ela prossegue a leitura.

"Fique tranquila, vocês vão se reencontrar, talvez demore um pouco ou não seja mais aqui. Antes disso, muita coisa há de acontecer. Você conquistará o sucesso! Há um peixe bem grande. Alguns galos também. Mas nada disso será suficiente para lhe dar alento, minha jovem."

As lágrimas de um choro brando imediatamente se convertem em pranto. A sábia segura minhas mãos, erguendo-me o queixo e posicionando meu olhar sobre o dela, agora terno.

"E nem precisa colocar seu dedo no fundo da xícara para que eu veja seu coração. Você sabe melhor do que eu como ele está, não sabe?"

7.

A noite dos sete véus. Todos os dias, eu esperava ansiosamente por ela. Eu vivia para ela.

Meu dia começava com o nascer do sol, quando cantavam os galos do vizinho. Pulo da cama, tomo um café da manhã reforçado, faço meus exercícios, escolho a música, repasso a coreografia, crio movimentos.

Naquele dia, vou à loja de tecidos no Centro para escolher o material para confeccionar novas roupas e acessórios. Joias, pedras, lantejoulas, brocados, cores. Precisava de mais dois trajes no mínimo. Vou com as mulheres da casa até a costureira; lá tiramos as medidas e ela desenha os croquis. Ficaram espetaculares! Estou mais feliz que uma criança quando ganha um brinquedo novo!

Visto minha roupa, já maquiada e devidamente aquecida. Faço as orações. Deus me proteja! Penso em meus pais, como sempre, implorando para que estejam bem. E, principalmente, que não me queiram mal. Avistar pela fresta as dezenas de pessoas que se amontoam para ver meu show deixou de ser aflitivo. Quanto maior o barulho vindo lá de fora, maior é meu desejo de entrar no palco. Uma excitação quase sexual que me faz estremecer por dentro. O toque do bumbo já anuncia minha entrada, com os aplausos se iniciando antes mesmo que eu apareça envolta na fumaça colorida. Como sou abençoada! Requebro os quadris freneticamente e faço o tradicional "número 8", sincronizado aos movimentos sinuosos dos braços, o corpo ainda coberto pelo tecido transparente. Assisto à plateia encantada. Entre giros, aos poucos, vou espalhando meus véus em volta dela. As notas e moedas começam a cair dos bolsos, quando um olhar fascinado me atrai. É um homem bonito. Forte.

Em um instante, sou dominada por seu olhar intenso. Ele está com uma nota na mão. Aproximo-me e deixo que ele a insira na base da minha saia. Agradeço, movendo o ventre em sua direção e, num rodopio, fico de costas para ele, elevando e fazendo um vaivém com os quadris. Rebolo.

O estranho entra na roda e anda em volta de mim. Em seguida, agarra minha mão, carregando-me para o meio do círculo, e se posta à minha frente, agachado, puxando as palmas enquanto eu danço. É certo que conhecia a tradição, sabia como o homem deveria se portar: reverenciando a dançarina, literalmente a seus pés. É tão difícil desviar os olhos dele; manchas de suor já se faziam bem visíveis em sua camisa branca e quanto mais eu olho, mais gotas escorrem por todo o meu corpo. A música nunca havia sido tão longa.

A semana passa voando, mas, para mim, é como se fossem décadas. Simplesmente não consigo tirar aquele homem da cabeça. Nem mesmo o novo trabalho em uma escola de dança me fazia esquecer aquele olhar. Já tinha várias alunas e a procura estava grande. Eu me sentia feliz e pedia aos céus para que ele voltasse na próxima apresentação.

Então, o dia chega mais uma vez e sinto tudo de novo. A rotina era a mesma, mas a emoção era diferente a cada semana. E aquele seria um dia especial, por causa da estreia de um novo traje. Allah, por favor faça com que ele venha! Foi o meu pedido antes de entrar em cena.

Meu coração se contrai assim que o vejo bem na minha frente. Eu sabia que ele não me decepcionaria. Mas há outra mulher com os braços em volta do seu pescoço e aquilo me deixa furiosa.

Sinto a música mais vigorosa, mais agitada. Meu sangue ferve, enrubescendo o rosto. Até o chão me parece mais duro. Não estou sorrindo. Os mais observadores enxergarão meu cenho franzido na única parte livre do véu. Enquanto a moça acaricia seu rosto, transformo meus véus em asas, abrindo e fechando-os bruscamente. Capturo o mesmo olhar que me fez levitar na semana passada e o provoco, balançando o ventre mais e mais. Depois, jogo um dos lenços sobre ele, que sorri, se aproximando. Agarrando-me por trás. Percorrendo seus dedos longos pelo meu corpo. Aquecendo-me inteira. Segurando firme os meus quadris. Estou presa a ele. A música acaba e o rapaz continua ali sorrindo, no mesmo lugar. A outra mulher já não está mais ao seu lado. Só existíamos eu e ele naquele salão, aquela noite. Não consigo sequer me lembrar de como dancei. Certamente, devo ter feito alguma besteira, arruinando a carreira que estava começando a construir. Recolho os véus do chão e me retiro entre os aplausos, como sempre.

Bem, se há aplausos, não deve ter sido tão ruim, pondero. Lavo meu rosto com água gelada. Soraia vem ao meu encontro:

"O que foi aquilo, Amina?"

Diante do espelho, minha expressão vai de transtornada a apavorada.

"O que fiz de errado?"

"Está brincando? Você estava maravilhosa! Sua roupa ficou um arraso! Esta foi sua melhor noite, sem dúvida!"

"O quê?", pensei. "Não pode ser."

"Vamos, venha comigo. Eles estão querendo seu autógrafo!"

Ela me puxa pelo braço e lá estou eu de volta ao salão, posando para fotos e dando autógrafos. Não sem antes recolocar o véu em seu lugar. Procuro o homem que tirou meu chão. Ou me levou à consagração. Entre um autógrafo e outro, beijos, abraços e parabéns. A verdade é que não estava dando muita importância para aquilo. Tudo o que eu queria era encontrá-lo novamente. Um fã mais afoito tenta remover o véu do meu rosto. Dou um passo para trás.

"Nem pense nisso! O véu faz parte da apresentação", justifico, sem alterar a voz.

Até o repórter de uma importante publicação do meio árabe estava lá e veio me entrevistar. Perguntou há quanto tempo eu dançava, o que eu fazia além disso. Expliquei a ele que hoje vivo só da minha dança. É um privilégio poder dizer isso! O que diria para as garotas que querem dançar como eu? Pode ser difícil, quase impossível no início, mas quando você ouvir a música, vai sentir vontade de dançar. E acredite, isso é tudo o que você precisa. O jornalista insiste para tirar uma foto para a revista. Reúno minhas irmãs e minha segunda *Yama*. Aquela foi a primeira noite mais feliz da minha vida.

A segunda foi quando ele apareceu de novo.

A apresentação já tinha terminado há quase duas horas e eu havia ficado sozinha no salão, em meu quartinho no andar de cima. Melhorado, claro. Paredes pintadas, móveis novos, TV. Fotos dos meus shows como decoração. Uma de *Yama*, outra de *Baba*, que tinha guardada na carteira. Infelizmente, não tinha as dos meus irmãos. Que merda! Isso foi antes de as redes sociais tornarem-se tão populares. Deitada na cama, ouço batidas na porta do salão. Não me levanto. Pode ser só impressão. Mas o toc-toc-toc se repete. Será que Mariam havia esquecido algo? Visto um casaco preto longo, calço o chinelo e desço as escadas acendendo as luzes. Desativo o alarme e pego a chave. Pela terceira vez, alguém bate à porta, agora bem mais forte.

Assustada, abro a trava e olho pela fresta, como de costume. Reconheço aqueles olhos. Não era alucinação! Hesito em abrir a porta. De repente me dei conta de que estava sem o véu e seria a primeira vez que ficaria realmente cara a cara com o estranho que me desconcertara.

Ele se apresenta, diz um "boa-noite, senhora", emendando um "senhorita". Jogando verde. Ignoro sua curiosidade.

"Sim, pois não, a casa já está fechada, senhor" – digo, tentando disfarçar o nervosismo. "Vim lhe devolver o véu. Na confusão, ficou praticamente impossível chegar até você", explica.

"Ah, a dançarina não está mais aqui, mas pode deixar que eu entrego a ela", afirmo no tom mais convincente possível.

"Como? Eu poderia jurar que estou falando com ela", rebate o moço.

Encara-me, franze a testa espremendo os olhos esverdeados. Não consegue imaginar alguém mais bonita do que eu, argumentou.

Corei antes de fechar a porta. Acho que ele não percebeu. Estava escuro. Da última vez que isso aconteceu, não gosto nem de lembrar. Ele não se convenceu de que não era eu. Cobriu-me com o véu, pedindo-me para dançar. Ali, só ele, eu, sem ninguém para atrapalhar. Atendi seu pedido e dançamos até o dia clarear. Então, aprendi: Se tem uma coisa que não sei fazer é mentir para mim mesma.

8.

Muitos gritos me acordaram naquela manhã. Nossa casa era o destaque do mês na publicação da colônia árabe. Foto de capa. Aquilo com certeza traria ainda mais clientes. A prosperidade era certa! Todos veriam, inclusive minha família. Tal lembrança me deixou transtornada! Enquanto elas riam feito hienas, eu queria chorar. O que houve, menina? Alegre-se!

Seria um choque para eles, eu sei! Mas eu usava o véu e me identifiquei com outro nome: Laila – eu sempre amei esse nome, significa noite, em árabe. Não havia por que me preocupar. Ou havia? *Yama* me reconheceria? Meus irmãos? E *Baba*? A fama havia chegado. No entanto, só era reconhecida quando estava vestida de Laila. Após as apresentações, não podia mais sair correndo para o quarto. Todos queriam uma palavra, uma foto, um lenço de recordação. Passamos a vender os véus e *hijabs* e mesmo as não muçulmanas queriam comprá-los.

Recebi muitas propostas de trabalho. Festas de formatura, casamento, exposições e afins. Em pouco tempo, pude abandonar o meu quartinho no andar de cima.

Esperei pela visita surpresa dos meus pais. Jurava que eles pudessem aparecer por lá a qualquer momento, fantasiando nosso reencontro. Mais do que isso: sonhava com ele. E temia. *Yama* sorria, gritava e chorava copiosamente enquanto me beijava, distribuindo apertões nas mãos, nas costas, nos ombros e nas bochechas. Via *Baba* de braços abertos sorrindo e cantando uma velha cantiga que ele sussurrava em meu ouvido quando eu era criança.

Não apareceram. Certamente não me reconheceram. Ou talvez não tenham vindo porque eu estava morando realmente muito longe deles agora. Ou simplesmente porque não desejavam mesmo me ver. Nunca mais. *Baba* estava fazendo valer sua sentença. Deveria respeitá-la.

Com o tempo, surgiram propostas um tanto mais ousadas: quanto quer para dançar só para mim? Pago o que quiser para vê-la sem nenhum véu. Impossível, nem por toda a riqueza do universo. Eu me permitia ser devorada por olhares lascivos, alguns mais contidos; outros, valendo-se da natureza masculina, apontavam-me com orgulho a rigidez do seu membro a explodir sem nenhum pudor.

Havia os que queriam apenas conversar, confidenciar-me segredos, problemas profissionais, conjugais, sexuais, preferências peculiares. Sabiam que eu era mais confiável do que um padre, um xeique ou rabino. Eram homens que gostavam de homens – muçulmanos, judeus, cristãos, budistas, ateus. Mulheres que amavam mulheres. Ou não gostavam de ninguém. Um ombro amigo era tudo o que pediam.

Tão fácil satisfazê-los.

Aquele que mais me atraísse, permitia que me tocasse. Aquele era o meu mundo e eu podia desejar e ser desejada. Poderia haver satisfação maior do que essa? Foi uma visita que mudou tudo. Um convite para sair do país. Acreditei que era para um simples passeio, mas, na verdade era um pedido de casamento. Eu já devia saber que um árabe nunca faz uma proposta dessa a uma mulher em vão. Recusei, pois não havia ido parar ali para pertencer a nenhum harém. Mas ele garantiu que não tinha outra esposa, que era até solitário. Visitou-me muitas outras vezes, levou flores, joias, vestidos. Daria-me qualquer coisa que eu pedisse. Eu poderia continuar dançando lá e faria ainda mais sucesso.

Yama Mariam era contra e acusou-me de ingratidão. Quando fiz as malas, não pensei em nada nem ninguém além de mim mesma.

9.

Que fique bem claro: não me casei por dinheiro. A família do meu primo, a quem abandonei no jantar do meu aniversário de dezoito anos, tinha um patrimônio muito maior que a de Amir. O homem com quem tinha aceitado me casar era apenas um comerciante de alimentos. Aliás, eu nem queria me casar. Queria era respirar novos ares, sentir outros sabores, encantar outras plateias. Alterar a rota e as descobertas. Talvez seja essa minha grande vocação na vida.

E, no fim das contas, meu pai tinha razão: não adianta fugir das raízes, elas te perseguem até o fim do mundo. O destino estava escrito e assim seria. Maktub.

Amir era bem mais jovem do que o meu ex-quase noivo e tinha diploma universitário de administração de empresas. Sabia fazer contas como ninguém e gostava de cozinhar. Sim, cozinhar! É claro que também não desprezei o fato de ele ser um homem charmoso, embora a beleza definitivamente não fosse seu principal atributo.

Cheguei a Dubai numa noite de lua minguante. Nos casamos no dia seguinte, numa cerimônia simples, somente para a família e alguns amigos do noivo, à beira da praia, cujas palmeiras me lembraram da única vez que estive numa praia no Brasil, no Guarujá.

Já esperava por um calor muito intenso, mas não podia nem imaginar a sensação real de cinquenta graus à sombra. No entanto, seria injusto comparar ao inferno uma paisagem tão paradisíaca e apaixonante. Houve uma resistência por parte do xeique para celebrar a cerimônia fora da mesquita, no que entramos em acordo depois de um aumento na colaboração destinada ao templo. Usei um vestido branco de tecido muito leve, com um manto de renda cobrindo os cabelos e o véu no rosto – pela primeira vez, transparente. Estava feliz de verdade. Não me lembro de ter sorrido tanto em minha vida, porém era impossível não recordar da minha família. Do dia em que eu os abandonei. E, enquanto dançava com meu marido, senti dor. A dor de nunca ter desejado tanto uma presença. A dor de nunca ter retornado para eles. O bálsamo era poder dançar agora para o mar.

A vida nos Emirados era mais farta e tranquila. Amir era muito carinhoso e generoso. Com ele, me sentia, de fato, uma rainha.

Continuei dançando em alguns estabelecimentos nos souks, os mercados populares de Dubai. Chegava aos locais já vestida e pedia licença para me apresentar. Os comerciantes permitiam, já que atraía mais clientes. Os turistas vibravam, enquanto eu faturava.

A vista local era um convite para atividades ao ar livre, o que me fez ter o hábito de correr diariamente. O esporte esvaziava minha mente e, ao mesmo tempo, me trazia lucidez. Às vezes, Amir ia comigo. Quando estava sozinha, aproveitava para conversar com as pessoas locais em árabe, idioma que já não falava há muito tempo, ou inglês, que eu precisava mesmo praticar. Tornei-me uma maratonista de praia. Após alguns anos vivendo naquele paraíso, me dei conta de que nunca estive tão perto!

Quando dei por mim, estava fazendo as malas novamente; indo às minhas raízes. Pela primeira vez, respirava o ar do Líbano. Desembarquei na capital, Beirute, em meio ao cessar fogo de uma guerra com Israel. Tive tempo suficiente para registrar cada ruela, cada galeria, cada restaurante, cada praça, cada cortiço, cada prédio que ainda estava de pé. Vi ruínas, rastros de guerra. Girando solitária pelas cidades, como se não houvesse começo nem fim, nem cansaço, nem armas ou mortes, sorvendo cada partícula de terra seca que voava no rosto, subindo e descendo todas as montanhas, explorando grutas, bebendo água pura do leito do rio, suando e repousando debaixo dos cedros estampados na bandeira, acolhendo meus irmãos desabrigados, dando água, comida, curando feridas, orando pelas almas perdidas, os corpos queimados, enterrados nus como indigentes. Beirute, a capital. Trípoli, mais perto do centro. Mas meu destino era Ghazze, no interior. A cidade de *Baba* e de *Yama*. Lá estava a paz, eles diziam. Onde a gente colhe – e come – o que planta, a fruta madura do pé, doce feito mel, para fazer compota e comer de colher, ainda bem quentinha ou passada no pão redondo feito no forno à lenha. Toma o leite direto da vaca. E, se colher, que se plante de novo, senão amanhã não tem. Ali, a gente aprende a reverenciar a natureza, que é toda a riqueza daquele povo.

A gente dança a qualquer hora do dia ou da noite porque música e alegria são sempre bem-vindas. Anda pelas vizinhanças invadindo as casas e alegrando as festas, o povo cantando e aplaudindo a passagem, sem pedir satisfação. Não importa quem eu sou ou porque estou ali, só importa a alegria. Não ganhei muito dinheiro, mas ganhei algo infinitamente maior:

Amor.

Foi uma longa caminhada para chegar ao endereço da casa onde *Baba* vivera numa estradinha de terra, como são quase todas as ruas da cidade. Era muito estreita, um casebre escondido entre arbustos. Esta é a casa dos Kamel, me indicou um mascate solitário.

O portão não tinha chave. No chão de cimento batido, um canteiro de flores que não floresciam mais. A maçaneta quebrada deixava o acesso livre. Do lado de dentro, um quarto, sala e cozinha de paredes descascadas, telhas arrancadas e um insuportável cheiro de mofo. Um quadro que parecia ser de meus avós com bebê no colo. Era *Baba*. A sala não tinha sofá. Na cozinha um fogão à lenha e uma pia quebrada. No quarto, uma cama de casal e um beliche de aço. Não havia colchões, nem nada. Só uma pequena cômoda com um lampião a gás. A velha máquina de costura de minha avó e um manequim desmontado ao seu lado. *Baba* contava que ela costurava e remendava tão bem que clientes endinheiradas vinham da capital para fazer roupas com ela, enquanto meu avô passava o dia capinando os jardins das redondezas.

Plantei as flores no canteiro. Rosas, girassóis, bromélias. Gastei algum dinheiro para consertar encanamentos, ligar energia elétrica (que boa parte das casas da região ainda nem sabia o que era). Naquela cidade, luz ainda é artigo de luxo até hoje, vindo dia sim, dia não. Uma boa pintura e a casa ficaria habitável novamente. O rádio e uma vitrola velhos eram os únicos emissores de algum tipo de mensagem. Não tinha computador. O celular funcionava, mas estava sem bateria e não tinha tomada compatível, precisaria ir a Beirute comprar um adaptador. Tudo bem. Seria bom ficar isolada do mundo por um período – ponderei. Esquecer de tudo, até do marido. O telefone mais próximo era dali a umas duas horas andando a pé na estradinha de terra até a rodovia. E, como era óbvio, eu não tinha carro. Às vezes dava preguiça de caminhar, mas, nos dias em que eu conseguia dominar o bicho do sono e do cansaço, tinha de suportar a fúria – cheia de razão – de Amir.

"Que droga, Amina! É impossível falar com você neste lugar! Por que diabos você não liga? Até quando ficará aí?"

"Até quando meu coração disser para ir embora. Aqui é bom, é bonito, é divertido, tem ar puro, tudo que eu preciso, você devia vir também", era minha resposta.

"Você está bem?", gritei. O som era tão distante e chegava devagar. A linha caiu antes que eu pudesse ouvir a resposta.

Passaram-se dias, talvez meses, não sei quantos. Ali era mais difícil contar o tempo. Daquele dia em diante, todas as tardes eu atravessava a longa estrada de terra para ligar para Dubai, mas Amir já não atendia. Não estava. Tinha saído. Largara a loja nas mãos dos empregados. Sem hora para voltar. Eu sabia que era mentira. Se queria deixar algum recado? Não, não ia adiantar. Ah, sim! Espere! Não desligue! Se puder, diga que a esposa dele está voltando para casa.

Casa. Marido. Duas coisas que, quando voltei, já não tinha mais. As fechaduras foram trocadas. Proibiram a minha entrada. Meus pertences embrulhados em um lençol de tecido dos mais vagabundos. Era quase nada. Em poucos dias, estava concretizado o divórcio. E nem adiantava clamar por direitos. Seria expulsa de lá como uma cadela sarnenta, tal como são tratadas as mulheres nessa condição. Saí de lá com minha trouxa e algumas joias que trouxera do Líbano. Precisei vendê-las para pagar minha passagem.

É uma pena que o tempo dos homens não seja o mesmo que o do coração.

10.

Fazia um frio colossal quando desembarquei em Istambul. Através da transparência brilhante dos vidros do saguão, me vi novamente naquela noite em que fugi de casa, sem casaco, sem dinheiro e sem lugar para ficar. Estava perdida. Só que vinte anos mais velha e muito mais cansada. A única coisa que tinha a menos era a esperança. Ao menos dessa vez, o véu estava comigo. Foi o único que consegui salvar.

Acomodei-me em uma das cadeiras do aeroporto como se esperasse alguém. Ou algo. Um socorro. Um suspiro de alívio. Uma chance. Um milagre! Eu poderia dançar na rua, mas não tinha mais meu traje. Até isso aquele desgraçado atirou na fogueira. Lamentei que não tivesse colocado nele um par de chifres com o milionário libanês que conheci, dono de um haras e de mais da metade das terras de Ghazze – inclusive das que eram dos meus avós. Ou com o dono da mercearia do Centro, que me propôs até casamento. Tivesse fugido com o parceiro de dança que devorava meu corpo com os olhos. Cuja voz eriçava-me os pelos.

Certa vez, o sujeito bateu na minha porta, mas não, não. Dessa vez não. Afinal, tinha um marido fiel. Leal.

Fidelidade, lealdade, quem precisa delas Quem as têm, realmente? Quando adormeci, estava em casa, na casa dos meus pais, no Brasil. *Yama* cozinhava quibe na coalhada, meu prato favorito. O aroma da comida percorria os corredores. Parei na porta da cozinha e ela virou-se para me ver, sem parar de mexer o caldeirão que fervia. Não pode parar, senão o leite talha – ela sempre dizia. Sorrindo, ofereceu-me um prato vazio. Quando acordei, o saguão do aeroporto estava tão vazio quanto o prato.

Já fazia um mês que tinha chegado à Turquia. Dormia debaixo dos toldos, em bancos de praça e em albergues, quando dava sorte. Lavando pratos em troca de comida, de banho, de roupas limpas. Posso fazer qualquer coisa: copeira, arrumadeira, vendedora, pintar paredes, quadros também. E também sou dançarina do ventre. Faço a dança dos sete véus.

"E massagem, você faz?"

"Posso aprender qualquer coisa."

O homem barbudo e parrudo me olha dos pés à cabeça, detendo-se ao meu olhar suplicante. Ao seu sinal, sou conduzida a um dos quartos, onde recebo uma chave, uma ficha com um número qualquer, alguns panos, toalhas. E assim fui da casa de chá à casa de Hamam.

Uma tradição local, isso eu já sabia. O que não imaginava é que as mulheres que davam banho ficavam completamente nuas! Comecei vestida, recepcionando os clientes, levando-os aos vestiários, entregando-lhes as roupas íntimas, os roupões (a maioria dos clientes não usa nada por baixo). As mulheres que davam banho eram mais corpulentas do que eu: geralmente acima de quarenta anos, não davam a mínima para suas tetas fartas que de tão caídas encostavam em suas barrigas salientes. Tal qual um lutador de sumô, tinham força suficiente para remover uma montanha.

Tive de aprender a executar o ritual, nada muito complicado. Deitar o cliente na pedra quente, com apenas uma toalha até a cintura – mulheres não precisam usar sutiãs –, banhá-lo com água quente até ficar totalmente encharcado. Esfregar com delicadeza ou até uma certa brutalidade, de acordo com o que ele escolher, usando buchas especiais para esfoliação. Os turcos, já habituados, costumavam escolher a massagem mais forte; já os turistas iam da leve à moderada, com direito a reclamações no final devido a dores musculares provocadas pela massagem um tanto vigorosa ou vergões na pele. O dono da casa sempre me encaminhava os turistas, por achar que eu não tinha "braços" para fazer a massagem mais forte – no que ele tinha total razão.

"Você é tão fraquinha, precisa comer mais ou não arranjará um homem que lhe queira", comentava ele, arrancando risos das colegas de trabalho.

Não, obrigada, eu dizia em silêncio.

Depois, cobrir com a espuma suave e enxaguar abundantemente para remover as impurezas do corpo e da alma.

Aos poucos, meu corpo se modificava. A barriga e os seios estavam mais avantajados. Tonturas inexplicáveis. Qualquer cheiro de essência mais forte me enjoava. A balança comprovou que eu engordara cinco quilos. Teria sido olho gordo daquelas turcas invejosas? Não demorou muito para que percebessem, cochichando nos corredores. Até que a matrona da casa de Haman, a esposa do dono, chamou-me a uma sala, fechou as portas e fez a pergunta que todas queriam fazer.

Vi a piedade e a condenação impressas na face daquela mulher. Era tão óbvio e aterrorizante que comecei a chorar. Por outro lado, era maravilhoso. Todos diziam que era. Maravilhoso. Para quem? Para uma mãe muçulmana, repudiada pelo marido, expatriada? Pobre criança.

Era madrugada. Olho pela pequena janela, tomada pela lua cheia. Encho uma grande tina com água bem quente, sais e pétalas de rosas.

Queria abandonar meus sonhos perdidos, pensamentos desencontrados; que todos se esvaíssem na água, escorressem pelo ralo. Por que não era tão fácil? Submerjo meu corpo, esperando o amor chegar. Será que ele vem? Será que ainda se lembra de mim? Será que um dia se lembrou? Tenho a impressão que sim. Fecho os olhos e sinto sua presença. Suas mãos em concha colhem a água da tina, despejam nos meus cabelos, ensaboam minhas costas. Encosto a cabeça em seu peito, como faço sempre que o medo vem, sempre que algum barulho me desperta no meio da noite. E está muito escuro. Só assim para pegar no sono de novo.

Era esse amor que eu esperava, o amor que eu não conhecia, o tal amor incondicional que todos propagam, que vive acima do bem e do mal, preenche todo o vazio. As mãos me afagam o ventre, que agora não era da dança, era de uma criança que já nasceria órfã, sem família. Dizem que é crime não querer um filho. *Haram!* Pecado mortal.

Seria justo colocar no mundo um ser inocente que já nascerá condenado? Renegado. Fomos trocados por outra. Mas será que algum dia ele me amou, ou mesmo eu o amei? Não consigo me lembrar. Ao abandoná-lo, me abandonei também.

Meu corpo ainda está mergulhado. Os dedos enrugados, a pele arrepiada, os pelos eriçados denunciam o passar do tempo. A água quente gelada. Talvez fosse o vento do corredor. Ou talvez o amor que não chegara, apesar de tanta espera. Deveria sair e me embrulhar em uma toalha o mais rápido possível, ou ficaria irremediavelmente constipada, mas sentia os músculos paralisados. Já não me importava os seios tão pequenos. Achava-os até bonitos. Irremediável era meu fascínio pelo espelho, embora seu silêncio me causasse incômodo.

Havia algo diferente no ar, mas muito familiar. O som contagiante do tambor, a música adentrando a sala, meu corpo, sem muito esforço, começa a se mexer. O ventre balança. Braços no ar. A dança veio me encontrar. E foi juntando gente e mais gente, homens e mulheres, meninos e meninas, dezenas ou centenas batendo palmas, sorrindo, cantando. Nada, nada tinha mudado.

Foi num desses rodopios que *Baba* surgiu entre a multidão. Ele simplesmente sorria como nunca! Orgulhava-se de mim, eu era uma artista nata e deveria ir dançar no Cairo! Logo atrás, *Yama* correu para cobrir-me a cabeça com o lenço verde-água, que continuava brilhando à luz do dia ou da noite. Deu-me dois beijos apertados, um de cada lado da face.

Meus irmãos puxaram-me pela mão e nós comemoramos fazendo a grande roda de dança, a Dabke, rindo e batendo os pés como quando éramos crianças. As primas Lâmia e Dúnia podiam ser vistas também, apesar de usarem o niqab para não serem reconhecidas. Queriam ver de perto o inacreditável: eu dançava muito melhor do que elas. Um pequenino de cabelos escuros, pele clara e olhos esverdeados dava seus primeiros passos dentro da roda. Até Mariam, com Rosa e minhas irmãs postiças, se juntaram a nós. A velha Hayet só olhou de longe, com seu olhar enigmático, mas ainda assim, terno. Até meu ex-quase noivo veio me cumprimentar: você continua uma charmuta! Chukran, agradeci, melhor ser puta a ser infeliz. Eu não precisava mais compreender, nem buscava a compreensão de ninguém. Buscava o alívio, enfim. Senti a cabeça pesar e já não tinha mais ar. Mergulhei naquele espelho que me engoliu. Talvez ele, ele sim, tenha se apaixonado por mim.

11.

A casa amarela e branca do Bom Retiro estava vazia, com uma placa de vende-se pendurada no portão. O corretor de imóveis teve dificuldade para abrir a porta, já que a chave continuava travando na fechadura. A mesma chave de sempre, enferrujada. Pedi licença e usei o truque que *Baba* me ensinara: na segunda volta, force-a para dentro. Deu certo.

Foram alguns instantes parada na porta, enquanto um pequeno filme passava na parede da sala: uma infância feliz, os abraços, as danças, as conversas, os jogos de baralho, os conflitos da adolescência e a cena final: a fatídica noite do noivado. Toda a decoração estava intacta, nada, nem mesmo os tapetes de estimação de *Baba* ou a louça de *Yama* haviam sido retirados.

Até os porta-retratos permaneciam no mesmo lugar, embora algumas fotos estivessem rasgadas.

Panelas dentro dos armários da cozinha, espelhadas, como ela mesma gostava de dizer, com orgulho. Diferente era apenas a camada de pó que cobria tudo, tão espessa que as partículas podiam ser vistas a olho nu.

"A senhora está bem?", pergunta-me o corretor, percebendo minha apatia.

"Há quanto tempo a casa está vazia?", emendo, ignorando sua preocupação. Ih, tem pra mais de 10 anos, viu? Esse imóvel aqui é um elefante branco, ninguém quer, por isso está por esse preço. A senhora pode ver, a casa é grande, está bem conservada. E a venda é de porteira fechada."

"Como assim, ninguém quer? Por que o senhor diz isso?"

"Veja bem, não sei muitos detalhes, não, mas a história que contam é que o velho turco, dono da casa, não aguentou o desgosto de ter a filha perdida no mundo e se matou. Parece que ela fugiu de um casamento arranjado, coisa muito comum lá praqueles lados, num sabe? Mas não é só isso não, moça. O pior é que a senhora, mulher do turco, ficou doente da cabeça logo depois da tragédia e foi internada no pinel."

Tento arranjar fôlego, o suficiente para perguntar em que hospital ela estava internada.

"Isso os vizinhos podem lhe informar, visse,

que eu já falei demais aqui. A senhora também não vai querer mais a casa, acertei?"

Ele estava errado.

Um sorriso de orelha a orelha estampa o rosto do velhaco, que se apressa em preparar a papelada antes que eu pudesse mudar de ideia.

Durante quase duas horas, bati de porta em porta daquela rua e de seus arredores, tentando encontrar alguém que pudesse me dizer onde minha mãe estava. Desanimada, refaço um caminho já bem conhecido, um caminho que me trazia boas e más lembranças, onde encontrei alento e teto quando precisei.

Ao olhar para o rosto daquela mulher, pude perceber que o tempo tinha passado. De cabelos muito brancos e pele mais enrugada, quando me viu, apertou os olhos, como que se esforçando para me enxergar.

Tive a nítida impressão de que ela não me reconheceu de cara, mas logo abafou um grito com as mãos e veio abrir a porta.

"Amina! Amina! É você mesma?", suas pernas tremiam, não sei se de emoção ou de algo mais grave. "Salam Aleikum! Entre, ainda está bonita!"

Agradeci, reconhecendo a casa onde havia estado anos atrás.

"Ainda está dançando?"

"Faz tempo que não. Muita coisa aconteceu, D. Mariam..."

"Sim, eu imagino que sim. O que traz você de volta?"

"Eu desgracei minha família. E agora estou procurando minha mãe."

"Sua mãe, a Khadija. Venha comigo, vou lhe contar uma história."

Eu estava ali, novamente, naquela casa que guardava uma parte importante da minha história. Meu coração batia forte enquanto caminhávamos pelo pequeno corredor que dava para a cozinha. Um vento úmido e gelado batia em meus ossos e, quando notei, também tremia. Aquelas paredes me levavam de volta ao dia que cheguei ali, o dia em que me despedi dos meus pais, as noites de dança do ventre, os olhares de desejo de homens que nem conhecia, uma menina que não conhecia nada da vida e que foi forçada a amadurecer depressa demais.

"Sente-se, vou fazer um café para nós. Sou prima de sua mãe, Amina. Quando você foi buscar auxílio na casa de chá, eu sabia exatamente quem você era."

Fiquei estarrecida diante da revelação. Como era possível, sem que eu a conhecesse? Sem que eu nunca a tivesse visto ou ouvido falar dela? Com minha ansiedade, quase não conseguia deixá-la falar. Paciente, a anfitriã pedia que eu a ouvisse sem interrompê-la, orientação que consegui seguir após duas xícaras de chá.

"Pense em um motivo forte o suficiente para que uma mulher árabe seja banida de sua família a ponto de ninguém mais querer tocar no nome dela – essa é a melhor das hipóteses. Minha história é muito parecida com a sua, Amina, mas é um pouco pior: eu fugi de um casamento arranjado porque, além de não amar o meu noivo, eu estava esperando um filho de outro homem, que, para piorar, era um *brazili*. Quando meu pai descobriu a gravidez, me expulsou de casa. O homem por quem eu estava apaixonada tinha muitas posses, incluindo a casa de chá, mas ele não quis se casar, era um cara moderno, tinha vivido muito tempo em Paris... Durante todo o tempo em que vivemos juntos, fomos concubinos. Óbvio que meu pai jamais aceitou tal condição. Já minha mãe, rompeu com ele por causa disso e saiu de casa. *Inchallah*, foi a melhor coisa que eu fiz na vida, e foi graças a você, ela me disse isso muitas vezes antes de morrer. Minha mãe gostava muito de você, Amina."

"Eu também gostava muito dela."

Enxugando as lágrimas, finalmente consegui fazer as perguntas que precisava fazer.

Mariam revelou que meu pai se matara exatamente um ano depois que fui embora de casa,no dia do meu aniversário. Ele vinha sofrendo muito com minha ausência. Até chegou a distribuir cartazes pelas ruas da cidade. Descobriu o que todo mundo já sabia, o primo Nagib era um estelionatário, ele e sua mãe eram dois sanguessugas que se aproveitaram da situação, da vergonha que ele sentia para tirar tudo o que podiam dele. Deixaram-no na penúria. Não suportou as decepções e lembranças daquele dia.

"Era um bom homem. Que Deus tenha seu *Baba* em bom lugar", dona Mariam desejou com as palmas das mãos viradas para cima, em sinal de prece.

Eu sequer conseguia dizer que ele o tenha nos braços de Allah. Morreu por minha culpa! Como conseguiria carregar esse peso para o resto da minha vida? Pensei em me matar também, me atirar no do alto de uma ponte. Ou me pendurar com uma corda no pescoço. Quisera meus companheiros da casa de Haman tivessem me deixado dormir naquela tina de água fria.

"E meus irmãos?", questionei.

"Seus irmãos estão no Líbano. Um casou-se e o outro está estudando. Sua mãe está aqui comigo. Eu fui a única pessoa que restou para ela.

A porta do meu antigo quarto no piso superior estava entreaberta. Tudo estava exatamente como eu deixara, as paredes ainda eram da mesma cor, minhas fotos de danças decorando-as e o pequeno guarda-roupa no canto esquerdo, junto à cômoda espelhada. Algumas roupas de *Yama* estavam sobre uma cadeira. O edredom vermelho e cinza que comprei com o dinheiro da minha primeira noite como dançarina, e que tantas vezes me cobriu, agora protegia minha mãe.

Lá fora o sol se punha, dando ao fim de tarde um tom rosado. Ali dentro, *Yama* dormia tranquila, alheia à paisagem e ao tempo. Entramos devagar, produzindo o menor ruído possível. Pego sua mão e encosto meus lábios úmidos, observando seu semblante leve, envolto em um lenço branco. Esteve na clínica psiquiátrica por alguns meses, mas o médico deu alta, não havia muito o que fazer.

Assim que abriu os olhos, disse:

"Mariam, temos visita? Você não me avisou nada! Quem é essa moça tão bonita?"

"Eu também não sabia que ela viria, minha querida. Seu nome é Amina, uma grande amiga.

"Amina, que nome lindo! Era o nome da minha menina que morreu, lembra?"

Mordo os lábios. Estremeço por dentro, em um choro sem lágrimas. Só lástimas bombardeando a alma. Ela enlaça meu braço sorrindo e saímos do quarto, presas uma à outra.

"Você vai ficar para jantar conosco, não? Farei a comida preferida de minha Amina. Você é tão parecida com ela, não é, Mariam? A dona da casa segura minha mão, na tentativa de me tranquilizar.

"É, sim, minha querida, é sim!"

"Faz tanto tempo, não é? Temos muito que conversar. Estou tão feliz por ter minha menina de volta. Minhas vistas estão embaçadas e esses médicos não resolvem nada! Mas, se quiser, mais tarde ainda posso ler seu futuro na borra de café, quer?"

Lembrei o quanto fui feliz nas tardes em que ela sentava comigo e tentava decifrar os traços formados no fundo de uma xícara branca e sem asas. Ela dizia que a minha felicidade ia chegar, mas que o caminho não seria fácil. Apontava os traços e dizia: olha... está vendo isso? Não há nenhuma linha reta, são muitos caminhos sinuosos... mas você é muito corajosa e vai atravessar todos eles.

Você tinha razão, *Yama*. Você nunca errou.

Voltei meu olhar para aquele rosto tão marcado, os olhos ainda vivos me sorriam como nos velhos tempos. Quando ela cobriu meu rosto com as suas mãos, eu reconheci seu toque.

"Qual é o seu nome, linda menina?"

Naquele momento, eu deixei o passado exatamente onde deveria estar. Lá atrás.

E antes de sair daquele banheiro escuro, perguntei ao espelho se ele tinha alma. Claro que tinha. A alma dele era a minha.

Desertos

Contos sobre vida e morte
da mulher no mundo árabe

A irmã mais velha

Caía uma chuva fina lá fora, mas ela insistia em ficar na rua. Pular corda, queimada, pique-esconde, amarelinha. Quando a tarde começava a cair, o pai gritava que ela fosse para dentro. E ela sabia, tão certo quanto a noite escurecia, que a desobediência era o prenúncio de uma surra.

Ia para casa arrastando seus chinelos já gastos e roupas puídas herdadas dos vizinhos. Sendo a filha mais velha, tinha de ajudar a mãe a cuidar da casa e criar os irmãos. O pai, a tomar conta do pequeno empório, de onde vinha o sustento da casa. Mas, que todos saibam logo, o que ela queria mesmo era uma boneca. Aquela grande, de olhos azuis, cachos dourados e vestido xadrez cor de rosa que ela namorava todo dia na vitrine da loja de brinquedos vizinha ao comércio de seu pai. Os olhos pregados na boneca, que parecia retribuir, sorrindo tão linda com os braços estendidos, pedindo para tirá-la dali. Mas era tão cara que parecia feita de ouro! Toda vez que ela pedia, o pai dizia não. Até que um dia, sumiu dali. Foi vendida a uma menina rica. Será que era vizinha? Era de se duvidar. Não havia ricos no bairro. Ora, quem precisa de boneca, a menina não tinha tempo para isso! Ela não precisava, mas, naquela noite, teve febre de bater os dentes, cinco dias de agonia. E as poucas cobertas que tinham em casa não eram suficientes para fazer cessar a febre e cobrir os irmãos menores.

Quando a febre passou, sua mãe deu à luz, o que acontecia praticamente a cada dois anos. Ela tinha que cuidar de tudo. Lavar os panos e lençóis sujos do parto e fazer comida no fogão à lenha eram tarefas não muito comuns a uma menina de oito anos, mas sua mãe lhe ensinara tudo isso, não por maldade, mas porque não havia quem mais a ajudasse nas tarefas domésticas. Graças ao bom Deus tenho minha mais velha, me ajuda em tudo, dizia a mãe num português difícil de entender. Mal sabiam ler, escrever. Estavam iniciando a vida num país estranho.

Apenas a menina e o menino nasceram em seu país de origem, o Líbano. Os outros seis foram concebidos e paridos em terras brasileiras. Sempre que nascia um irmão, seus pais iniciavam uma vigília em homenagem aos outros cinco filhos que perderam antes. Oravam madrugadas inteiras ajoelhados em direção ao sol, com as mãos pousadas no Alcorão Sagrado. Pois foi só depois de muitas orações que a primeira filha do casal vingou, a menina ligeira, que pulava corda, jogava queimada, pique-esconde e amarelinha na rua... e não podia ter a boneca que tanto queria.

A primogênita não era só trabalhadeira e brincalhona. Era inteligente, esperta e tinhosa. Sonhava com os cadernos e livros e pedia, chorava, esperneava até não poder mais, até que o libanês turrão não suportou e levou-a para matricular-se na escola do bairro. Um colégio de freiras. Católicas, mas muito boazinhas, por sinal. Tinham a maior paciência com ela, que ainda falava um português quase incompreensível. Os outros irmãos – quatro mulheres e dois homens – não tiveram problemas para frequentar a escola porque ela levou um a um para fazer a matrícula. Os menores no colo e os maiores pela mão. Felizmente, ela ensinara ao pai que essa era a coisa mais certa a fazer.

Fazia as contas, anotava as compras nas cadernetas, conferia estoques e ia buscar o almoço para seu *Baba* em casa, às vezes correndo, outras vezes lenta, pé ante pé, observando os letreiros, tentando desvendar os mistérios das palavras. Vez por outra, parava no balcão da lanchonete onde o dono, patrício, lhe dava um doce. E ainda tirava boas notas. Chegava em casa e seguia direto para a cozinha, ajudar a mãe no fogão, que o bom comerciante sempre trazia algum amigo para o jantar. "Põe mais água no feijão – onde comem dez, comem onze", dizia ao convidado. "Coma sem vergonha!" Não era ofensa, apenas sua maneira de dizer que podia comer à vontade! "Não sei se você sabe, mas recusar um convite para sentar-se à mesa é uma atitude de extremo mau-gosto." Era pôr o libanês nervoso. Treze anos já tinha a menina e comentava-se que essa idade era boa para se arranjar um marido. Candidatos não faltariam, já que era muito bela. Os cabelos castanhos escuros e lisos que ela amarrava cobriam até quase a cintura. Sua pele era clara, com bochechas infladas e coradas. Os olhos grandes também escuros, ora pretos, ora acastanhados quando a luz refletia. Já o nariz delicado, pequeno, não fazia jus à raça. E os lábios, bem rosados, pareciam estar sempre pintados, embora ela sempre lamentasse por não poder usar um pouco de carmim para colorir. "Seu *Baba* não gosta", prevenia a mãe.

O corpo tomava formas de moça, o que não era motivo para abandonar as brincadeiras de criança. Até futebol a danada já sabia. Esgueirava-se nos cantos do campinho, para onde ia junto com o irmão mais novo, pedindo para jogar. "O quê?" Os garotos riam dela. "Futebol é coisa de homem! Vá ajudar a mãe na cozinha!" Depois de muito insistir, o "técnico" do time, que já espichava os olhos para suas pernas finas e as saliências já projetadas por baixo da blusa e das saias, permitiu que ela jogasse. Era o Kalilzinho. Os rapazes partiam para cima dela e faziam falta só para agarrá-la, mas ela dava um olé neles, como um bom toureiro faz com o touro. E, então, chutava a bola para o gol, antes de sair rindo e mostrando a língua! Mas, para o Kalilzinho, ela sempre retribuía o sorriso.

Naquela tarde, quando o pai a chamou para dentro, não havia sinal de anoitecer, o sol ainda brilhava no céu, mas ela teve que obedecer, pois conhecia aquele tom de voz que era sem choro nem vela.

Lá foi ela entrando na sala de casa com muito cuidado. Será que havia feito algo errado? Ou será que receberia um prêmio, uma festa ou coisa assim? Com sorte, *Baba* estaria de bom humor.

Quando chegou à porta da sala, deu de cara com três homens de terno, chapéu e lenço na lapela, cada qual com sua xícara de café. Não eram estranhos. Estancou no meio da sala e olhou para a mãe, sentada no sofá junto ao seu pai. Ela nunca se sentava no sofá com ele a essa hora do dia. Os não estranhos levantaram-se, repousando as xícaras redondas, sem pires nem asas, em cima da mesinha quadrada de madeira.

"Cumprimente as visitas, *ya benta!*", assim chamava a filha em árabe. Ela gostava, apesar de estar adorando aprender português. Porém, os pais não entendiam quase nada de *brazili*, e não aprenderiam tão rápido. Ao menos os irmãos já nasceram falando o idioma, embora *Baba* e a *Yama* não permitissem o português dentro de casa, porque ali o idioma oficial era o árabe; e ai de quem não o falasse.

"Qual deles você acha mais bonito?", questionou o pai à sua filha.

Surpresa, com a pergunta, esticou o dedo aleatoriamente, sem pensar demais. "Este, *Baba*."

A mãe abraçou a menina, tirando-a da sala o mais rápido que pôde.

"*Yama*, quem são esses homens?"

"Seus primos que vieram do Líbano! Você não deve se lembrar deles. Era muito pequena a última vez que os viu."

"Mas o que eles vieram fazer aqui?"

"Vieram pedir a sua mão ao seu pai."

"A minha mão? Como assim, a minha mão?", indagou, espalmando as duas mãos à frente; primeiro as costas, depois virou as palmas. Quis perguntar mais uma vez para ver se ficava mais fácil compreender o que sua ingenuidade de menina ainda não alcançava.

Concentrada na pilha de roupa em cima da mesa, a mãe limitou-se a erguer os olhos para a filha por um segundo e dizer: *Mabrouk*, meus parabéns, minha menina, você vai se casar!

Essa palavra não era desconhecida, desde muito nova ouvia notícias de que fulana ia casar com ciclano, que a filha de não sei quem estava passando da hora de casar... Ela já sabia o que aquilo significava.

Casar? Como assim? Ainda precisava estudar! Tinha o curso de secretariado em que se matriculara semana passada. Diziam que era bobagem, mulher não precisa estudar. Vai terminar o primário que já está muito bom! E o curso de corte-costura? Esse sim, pode, porque não há nada pior que uma mulher casada que não saiba pregar um botão ou cerzir a barra da calça do marido. *Inchallah!* Ele devolve você no mesmo dia.

"Mas logo com meu primo, *Yama*?"

"O que é que tem? Queria que fosse quem, um *brazili*? Ele é de boa família, rico e bonito! Vai te dar uma vida de rainha! Fique feliz! Você vai ganhar um lindo anel de brilhante ou de esmeraldas", disse-lhe a mãe, em árabe.

A menina saiu do cômodo desarvorada, despencando como uma folha de outono. Atravessou a sala de cabeça baixa, engolindo os soluços, sem se despedir do estranho que acabara de se tornar seu noivo.

Minha filha é uma joia preciosa! Prendada, cozinha, lava, passa. Até estuda! E sabe fazer contas. Você vai se dar muito bem com ela, *Inchallah*, disse *Baba* ao primo-noivo. Que vinha noivar quase todos os dias, de terno, chapéu e lenço na lapela. Mas a menina, onde estava? Danada, de pés descalços, agora ficava mais tempo na rua com a molecada. E com o Kalilzinho.

Fingia que não via e só quando o velho aparecia na janela apontando para dentro é que ela se arrancava do meio da rua para o sofá da sala, onde era obrigada a ouvir conversas sobre coisas que não interessavam a alguém da sua idade, como o crescimento do comércio na região, o mercado de móveis, o aumento da carne e do frango e o início do Ramadã, que seria naquele mês. Nessa época do ano, ele sempre juntava a todos para explicar a necessidade do jejum: a história do sacrifício, a purificação. Deus o recompensará. A recompensa? O paraíso!

Mas foi justamente na semana em que se iniciaria o sacrifício que a menina virou moça, despertou molhada. O sangue era tanto que passou para o lençol, feriu o colchão. Ela gritou, a mãe quase desmaiou. E agora? Obrigada, constrangida, a dizer ao marido que a filha não poderia se sacrificar, pois estava doente. Se Allah quis assim, nada se pode fazer. E haja sabão em pedra, que naquele tempo não havia em pó, para tirar as manchas das roupas. E a menina começou a esfregar. E quanto mais ela esfregava, mais o sangue lhe escorria entre as pernas. E torcia, e quanto mais torcia mais a mãe gritava: "Torça bem esses panos, menina! Até não conseguir tocar nos punhos".

Seus irmãos choravam por ter de ficar sem comer das cinco da manhã até a hora em que o sol se põe. Corajosos, um dia tentaram burlar a lei, escondendo biscoitos debaixo da cama, do colchão, do travesseiro e do guarda-roupa. Quando *Baba* descobriu, quase arrancou as orelhas dos dois moleques e deu cintadas no traseiro das filhas. Que sorte a sua ficar doente agora! Como você fez? Me ensine, quero ficar doente também! Será que esse paraíso é tão bom assim para tanto sacrifício? Era o que diziam as crianças à privilegiada irmã mais velha.

Quando o noivo chegou naquela tarde, indignou-se porque ela devorava um prato de arroz com lentilha. Ainda era meio-dia, não estava na hora do desjejum! Os pais se entreolharam, ela baixou a cabeça mais uma vez. Levantou-se da mesa e correu para dentro. "Ela está doente, pobrezinha!", explicou-lhe a mãe com a voz grave. Doente de quê, indagava o rapaz, preocupado, ao que a mãe respondeu, desviando o olhar, que era apenas uma enxaqueca, nada demais. Depois que os homens saíam, cochichava que não precisava se preocupar, que sangrar é coisa da natureza da mulher e não doença. "Entende, *ya benta*?"

Mas os dias passavam e o sangramento não cessava. E a menina tinha que lavar os panos sujos antes que alguém visse, mas para isso, fazia força puxando água do poço. E quanto mais força fazia, mais o sangue vinha, vivo e viscoso como um creme, às vezes formando bolhas e nódulos pretos que ela expelia no banho, e que, em contato com a água, transformavam-se em cordões vermelhos indo em direção ao ralo.

A hemorragia levou a mãe a proibi-la de correr feito uma moleca na rua. Agora, passava os dias praticando as lições das aulas de corte e costura, bordando panos e suéteres para os irmãos e assistindo a programas de TV no pequeno aparelho em preto e branco que seu pai acabara de adquirir como pagamento de um cliente.

Ela já não ia mais à escola porque não havia panos suficientes para proteger a roupa; imaginem a jovem com o uniforme sujo de sangue no meio da aula? Tinha pesadelos só de pensar!

Estranhou que o noivo não viesse naquela semana, trazendo bombons e roupa de cama e mesa para o enxoval, como de costume. Enquanto isso, era Kalilzinho quem a distraía, jogando pedrinhas na janela. Cada dia o garoto jogava um presente: bombom, pirulito, chiclete, até que jogou uma rosa. Ela inventava mentiras para justificar as faltas nas aulas e nas brincadeiras de rua. E os dois conversavam com os olhos. Ele ficava ali um bom tempo fazendo-a sorrir e desaparecia quando o sol começava a baixar. A moça estava decidida e já havia ensaiado um pedido: "*Baba*, posso trocar de noivo?".

Antes que ela tomasse coragem para tamanha ousadia, como era de se esperar, o noivo reapareceu pedindo permissão para um passeio, consentido com a condição de que ela levasse pelo menos dois dos seus irmãos menores. Claro, *Baba*. Sim senhor, meu sogro. A menina se animou: depois de tantos dias, finalmente veria a cara da rua. Vestiu seu vestido mais novo. Na verdade, o único. Branquinho, acinturado e com pequenas flores nas mangas, um decote redondo, meia calça branca e sapatinho preto. Sua mãe ajeitou o *hijab* branco na cabeça, amarrando-o por trás – precisava usar, agora que já era realmente uma moça – e enfiou-lhe entre as pernas a toalha mais grossa que tinha, para que o sangue não vazasse. Dias atrás, tinha visto na televisão um comercial que mostrava uma espécie de tira feita de algodão que grudava no fundilho da calcinha, parecia bem mais prático do que a toalha, que era como ter um tijolo no meio das pernas. Pegou o troco do pão e passou no supermercado, mas o dinheiro não foi suficiente. O tal do absorvente higiênico era muito caro.

"Juízo, os dois!"

Gangorra e roda-gigante, pequenos correndo às gargalhadas. Foi aí que ela caiu em si. Não tinha a agilidade de outrora, de tão fraca sentiu que as pernas já não suportavam seu peso – que nem era tanto – e começaram a bambear. Resfolegando, apoiou-se no banco de madeira para não cair. O companheiro a olhou um pouco assustado, perguntou se estava tudo bem. A menina disse que sim, não podia ser diferente. O dia estava bonito e não havia nuvem no céu para fazer sombra. Ela adorava o sol.

Devagarinho, o rapaz sentou-se ao seu lado, enquanto observava as crianças brincando. Terno cinza escuro, camisa branca, gravata e lenço vermelho na lapela. Elegante, como sempre. Num gesto involuntário, voltou seu olhar para o dele. Era a primeira vez que o olhava nos olhos e viu um sorriso saindo de seus lábios. Sem querer, sorriu também. Ele era até bonito. Tremeu assim que seus joelhos se encostaram. Foi sem querer. Simplesmente parou de respirar quando percebeu que uma das mãos do noivo, que tinha quase o dobro de sua idade, estava em seu joelho direito, enquanto a outra já lhe segurava o pescoço. Com o dedo indicador, rodeou o véu que emoldurava-lhe o rosto, devolvendo cor à sua pele. Seus pensamentos finalmente cessaram quando o jovem avançou, encostando seus lábios nos dela. O coração da menina nunca havia batido tão forte. Manteve os olhos fechados enquanto seu corpo desfaleceu aconchegando-se naqueles braços magros. Assim, sem a menor cerimônia. E da surpresa, ele não fez cerimônia também, posicionando uma mão abaixo da cintura dela, quando sentiu suas mãos molhadas e coloridas de um vermelho quente e vivo. Baixou os olhos e viu um vestido branco puro tingido, mudando rapidamente o foco de sua visão apavorada para os lábios carnudos e esbranquiçados que havia acabado de tocar; eles agora esticavam-se suavemente no que parecia o esboço de um sorriso, demonstrando um conforto, ou talvez uma alegria?

Tirou o paletó e colocou a menina em seu colo com os olhos incrédulos, não se deu conta da gente que em volta se aglomerava, não ouviu a sirene da ambulância, tampouco a da polícia, que o algemava. Naquela hora, não ouviu nada além de seu desespero. Acorde, menina! Ainda há tanta amarelinha pra pular, tanto pique esconde para contar, cadê a bola para jogar? Um grito interrompeu o silêncio e foi quando percebeu que alguém também chorava ao seu lado: era Kalilzinho, com uma rosa vermelha na mão, deixada sobre o vestido de mesmo tom. Menina moleca, quem disse que queria virar mulher? Só queria aquela boneca.

Elas

Ela tem mais de trinta, quase quarenta e não sabe muito o que quer da vida. Eu também não. Sabe mais do que não quer. Eu não sei de nada. Eu sei que ela mora com os pais, ainda. Toda manhã sua mãe pergunta o que ela quer: leite? Não, obrigada. Torrada? Não, obrigada. Biscoito de polvilho? Fiz agora mesmo, tá fresquinho. Não, obrigada. Ela também não quer namorar empresário rico, casar e ter filhos, mas seu pai sempre pergunta "Quando você vai dar um rumo na sua vida? Já passou da hora de ter um marido. O tempo está passando, daqui a pouco você não vai poder me dar netos!" Aquela cobrança a deixava muito irritada, mas ela não dava o braço a torcer. Apenas pegava a maçã e saía, sem dar corda para que ele continuasse o sermão.

Meus pais nunca me perguntaram se eu ia me casar, e hoje não estão mais aqui pra perguntar. Às vezes faz falta, mas é melhor nem pensar.

Todo dia, ela pega a bicicleta e vai pro trabalho. Eu a vejo quando sai de casa. De calça jeans, camiseta e o véu na cabeça. O daquele dia era azul. Eu mesma não tenho emprego, não. Sou dura, mas sou livre. A minha magrela não tá lá aquelas coisas, mas serve pra dar umas voltas. Vivo de bicos. A moça chega ao hospital pontualmente às 8h da manhã e logo veste seu jaleco. Não, não é médica. Não queria. Sempre quis ser só enfermeira. Isso ela sabia.

Quando dá, vai ao banheiro passar um pó no rosto cheio de espinhas que a adolescência não levou embora. Pele oleosa é uma merda, ela dizia. Haja base e pó para remendar os buracos que ela mesma fazia. Cutuca o rosto, cutuca as unhas, cutuca a cabeça, cutuca o peito. Aquela coceirinha que a gente diz que não é nada, é só um coração que bate cansado. E eu e essa minha cara que nunca soube o que é maquiagem. Troço complicado.

Vai ver eu tinha inveja dela por isso. Com máscara nos cílios eles ficam bem maiores do que já são. Traçando uma linha muito fina com o lápis bem rente a eles. Depois, passando um pó rubro para dar um ar saudável à pele pálida dos ares secos do inverno. Fazia tempo que o sol já não despontava. Nem do lado de fora da janela nem dentro dela. Será que a maquiagem disfarçava? No fundo ela sabia, de nada adiantava. A máscara dilui com o suor da correria e os buracos continuam lá. O sorriso ela ensaia enquanto toma o café amargo da sala de espera. Parece uma manhã tranquila, atípica para um P.S. tão grande. Tinha paciente entrando e saindo, alguns mais graves, outros não. Mas já passa do meio-dia e ainda não ocorreu nenhum acidente de carro, nada de motoqueiro esfolado no asfalto, crianças com problemas respiratórios ou velhinhos à beira da morte.

Para mim, nem fazia muita diferença. Era a primeira vez que estava ali. Meus olhos a veem passar, seguindo-a pelos corredores e elevadores em movimento, durante algum tempo. Ela me vê sentada em uma maca e, que surpresa, para para me examinar, mas era só para abrir o caminho; diz apenas três palavras: “com licença, obrigada”, um instante e só. Passo os olhos de novo bem a tempo de ver um sorriso forçado. Traz gaze, água oxigenada, pede linha e agulha. “O corte foi bem profundo. Vai precisar suturar”. E a dor, da qual eu tinha esquecido por alguns minutos, volta com força. “Tranquilo, doutora”. Tranquilo é o cacete! Aquela agulha me faz tremer por dentro, mas não fecho os olhos. Ela agarra minha cabeça com uma firmeza que não cabe em mãos tão delicadas. Inclina-se para enxergar melhor o ferimento, fazendo com que eu possa sentir seu perfume e sua respiração forte.

Pergunta se eu caí da bicicleta. Sim, respondi, enquanto sentia as fisgadas da agulha e linha entrando na carne. Não dá mais para conter um gemido de dor. "Poderia ter sido bem pior, moça", ela disse, em advertência. Sim, poderia. A moça do lenço azul parece brava, mas tem mãos tão leves que a gente nem sente o furo na veia. E sabe acalmar. Basta um sorriso e a palavra certa, na hora certa. Você já pode ir para casa. Só precisa de um pouco de repouso. Nada de movimentos bruscos, diz, prescrevendo-me um anti-inflamatório e um analgésico e saindo com um sorriso nos lábios.

Sorriso calmo, olhos brilhantes quase marejados e o véu na cabeça. Guarda um livro na mochila. Penso na Bíblia. Era o que parecia. Depois vi que não era.

Ela está sentada naquela maca, com sangue na cabeça escorrendo para o rosto. São quase seis das oito horas de plantão, seis anos cuidando dos ferimentos dos outros. Ferimentos graves, pacientes entre a vida e a morte, coisas difíceis de curar. Eu já estava mais do que acostumada a ver aquilo, mas nunca havia sentido tanto. Ela olha para mim. Disfarço, mas não posso evitar um sorriso. Trago a gaze, a água oxigenada, linha e agulha. Vai precisar suturar. Tranquilo, ela diz, um tranquilo nervoso. Reclinei meu corpo sobre ela, alcançando o local do ferimento, podendo sentir sua respiração acelerada acompanhada por leves tremores. A moça do cabelo curto cacheado e olhos amendoados até que era valente, mas precisou se agarrar naquela maca, segurou seu grito de dor até onde pôde. Fosse homem, todos chamariam de viado, mas não era, então não tinha nada.

Ou será que ela também sentiu minha respiração acelerada? Mãos ligeiramente trêmulas com medo que a agulha escapasse a ponto de furá-la (foi quase!). Solta o grito de dor e respira. Eu também.

O problema era muito simples. Limpar, dar alguns pontos e mandar para casa. Já o meu não era tão simples assim. Era hora de mandá-la embora, como fazia com tantos outros. Quem disse que ela era como os outros? Eu não queria que fosse. Queria perguntar quem é você, o que faz, do que gosta, aonde vai, onde mora, qual o seu prato favorito, seu filme, sua cor preferida? Calça ou saia? Queria amarrá-la naquela maca.

Mas quem perguntou foi ela, a pergunta que eu já estava acostumada a ouvir. Você é o quê, muçulmana? Sou. Então, você nasceu no Oriente Médio? Não, nasci aqui, mesmo. Como assim? Meus pais são de lá. Ah. Eles te obrigam a usar isso aí? Não me obrigam, eu gosto. Gosto mesmo – enfatizo. É, é bonito, ela diz. Obrigada, tenho que ir. Outros pacientes para atender. Qualquer problema retorne, ok?

Tive de sair correndo dali. Com um sorriso diferente nos lábios. Um sorriso que não precisei ensaiar.

Já eu, não queria ir. Fiquei ali, sentada na sala de espera até o cair da tarde. Levou um susto quando me viu, já sem o jaleco, ao pegar sua bicicleta para ir para casa. Todos os dias, carregava no peso daquele livro milhões de palavras. Mas a verdade é que eu mesma sou de poucas palavras. E você e eu sabemos que, em alguns momentos, palavras não dizem nada. Já os olhos, ao contrário, sempre dizem mais do que se quer dizer.

Quando ela se sentou na bicicleta, seus olhos disseram. E eu subi na garupa, agarrando-me à sua cintura. Encostei a cabeça, ainda sensível, em seu ombro, enlaçando meus braços em volta de seu corpo como um cinto. Meus lábios foram atraídos como ímã para seu pescoço e nossas respirações se encontraram. A bicicleta parou no meio-fio, no meio da noite, e nossos sorrisos viraram farol. Nada mais cutucava; nem a pele, nem as unhas, nem a cabeça. No peito, um coração voltava a bater forte. Dois. Eu segurei sua mão, sentimos o vento, que ao invés de esfriar, aquecia. Era o sol despontando novamente dentro de nós. Voa o tecido fino que cobre meus cabelos castanhos escuros. Na mesma intensidade dos nossos corpos. E, quando nossas bocas se calam, finalmente descobrimos o que queremos da vida: era isso, era exatamente isso, era tudo e apenas isso.

A rua era delas, a cidade era delas. Foi uma cena tão bela que formou plateia. Observei de longe, alguns jogaram flores, outros jogaram pedras. No dia seguinte, a enfermeira não apareceu no hospital. E nem nos outros dias. Pensando bem, nunca mais se ouviu falar daquelas duas impuras no bairro.

Onze de Setembro

Meu nome é Sarah e sempre agradeço à minha mãe por ter me dado um nome fácil de falar. No colégio tem várias com meu nome. Não sei se é com "H", mas é bem comum por aqui. Assim não preciso repeti-lo para ninguém. Já basta ter de soletrar o sobrenome toda vez. Como? Isso mesmo, moça. Não, não é com dois erres: "M-O-H-A-M-A-D. E também não tem E, é D mudo no final". Tem que ter muita paciência, mesmo. Eu até gosto quando meus colegas me chamam pelo sobrenome. Eles acham massa ter uma turca na sala. Apesar de eu já ter explicado mais de mil vezes que não sou turca, que diferença faz isso, afinal?

Aí vem o professor de História. Careca, barrigudo e de óculos, cabeça branca e carranca? Não. 1,90 m, cabelo meio grisalho, pinta de galã de cinema. Deve ter seus 38, 40, 45 anos, no máximo. Voz de locutor de rádio que arrepia até os ossos.

E o melhor de tudo: é meu vizinho. Na janela do meu quarto, eu o espero pacientemente à noite, só para ganhar um tchauzinho. Nunca contei a ninguém sobre essa minha predileção por homens mais velhos, talvez eu mesma não soubesse. Srta. Mohamad, é assim que ele me chama. Pronuncia meu sobrenome com precisão, elegância e observa: é libanesa. Enfim, alguém que entenda a diferença. Fogo por dentro, contrações involuntárias, coxas pressionadas, contorço-me na cadeira. Tá quente aqui, não? O ar-condicionado está ligado. A data no quadro negro anuncia o tema da aula: era só mais um onze de setembro e acho que vou derreter. Não tem jeito, vou ter que arrancar o véu.

Posso lhe dizer, e não é novidade, que o onze de setembro mudou tudo na minha vida. Era uma manhã de terça-feira, meio cinza de final de inverno, mamãe tinha dormido além da conta e eu estava atrasada para a aula. *Baba* ligou a TV quando o telejornal dizia que um avião havia sido sequestrado por um grupo terrorista nos Estados Unidos e jogado contra as Torres Gêmeas do World Trade Center, em Nova Iorque. As imagens se repetiam incessantemente em todos os canais e eu perguntava: *Baba*, o que são as Torres Gêmeas? O que é grupo terrorista? Mas eles pareciam não ouvir, conversando em árabe e evocando Allah sem parar. Com oito anos de idade, eu só fui entender que alguma coisa muito séria tinha acontecido quando eles disseram que eu não iria para a escola naquele dia e nem no resto da semana. Fiquei assustada – mais ainda – quando, por volta de quinta-feira, o muro da nossa casa amanheceu pichado: Fora, terroristas! – e meus pais me abraçaram chorando.

O onze de setembro também mudou o cenário político mundial, a ONU, os padrões de segurança da aviação e as aulas de História, onde, desde então, eu era o centro das atenções. Por detrás do véu, enxergo a curiosidade, a ironia e até mesmo o receio das pessoas. Entre risadinhas sádicas de "é a prima do Osama", "o pai dela é da Al Qaeda", "A que horas vai explodir?", hahahahaha, vamos fingir que é palhaçada e dar risada. O professor manda todo mundo calar a boca. Isso não era assunto para brincadeira, o Líbano não tem nada a ver com a Al Qaeda, que é do Afeganistão, não tem nada a ver, não mesmo, vamos continuar. Não tô nem aí pra esses babacas, foda-se o que eles pensam, professor. Melhor eu me fazer de vítima, quem sabe assim ele não me consola? Ergo o queixo, imposto a voz, discurso em prol dos direitos humanos, digo que o ataque às torres gêmeas foi forjado pelos EUA para ampliar sua hegemonia mundial e marginalizar ainda mais os muçulmanos. Bravo!

Aprendam com a Srta. Mohamad, merece um dez com louvor, janta comigo esta noite? Depois te levo pra (minha) casa e te dou umas aulinhas particulares. Reforço. Sempre bom. Podemos fazer tantas coisas juntos. Te pago um sorvete. Qualquer coisa, professor. Vai ser legal, não vai? Só vi isso em filme depois da meia-noite, quando a casa dorme e eu acordo. E fico bem acordada, tão acordada que nem consigo dormir. À noite também tem feito muito calor. Sim, um sorvete pra refrescar, e você? Eu prefiro comer. Aprecio muito a culinária árabe. Hum, sei. O sinal anuncia o intervalo.

E o professor me explica a diferença básica entre meus devaneios e a realidade: "Até semana que vem, pessoal. Leiam para a próxima aula o capítulo sobre o conflito entre israelenses e palestinos. Ah, a propósito, você tirou cinco e meio na prova. Precisa melhorar se não quiser ficar de recuperação". Desculpa, professor, ando mesmo distraída, esses moleques me tiram toda a concentração. Insisto, luto, ele demora a chegar, mas não pode se negar. Agora, é ele quem me espera. Do outro lado da rua, seus olhos me tocam como se eu fosse sua. Eles já estão em mim, junto com as mãos grudadas no parapeito da janela. Então vem, pula. Aposso-me da sua visão e a conduzo. Continuo coberta pelo véu do recato. Mas a pele transcende a delicadeza do tecido que lentamente desliza sobre mim. As paredes do quarto são muito finas, há que se ter cuidado. As mãos se soltando aos poucos, revelando um mundo inteiro que ele ainda não conhecia. Eu olho pela janela e ele ainda está do outro lado, admirando esse novo mundo que os livros de história não sabem contar. Tem coisas que a gente não precisa de professor para aprender.

O sol que não se põe

Acordou em seu leito no meio de uma madrugada fria e agitada. Abriu e fechou os olhos assim que a luz branca alcançou as retinas. Uma pontada aguda parece atravessar seu cérebro feito uma faca afiada. Que corta, mas não mata. Sirenes soam por todos os cantos, a cabeça gira sem parar. Tinha tentado se levantar. E, de novo, abriu os olhos, dessa vez mais devagar.

Tiros de metralhadora dão lugar a estilhaços das janelas. Paredes ocas cravejadas de balas que voam no céu em direção ao nosso teto tão frágil. Acima delas, só Deus a nos vigiar. Sim, ele ainda olha por nós, mas nem sempre é possível olhar por todos.

Homens, mulheres, crianças e ela. Feridas. Éter. Gritos de fúria, medo e dor compondo uma sinfonia de horror. Muitos desacordados. Ou mortos? Quem era ela? Onde estava? Às vezes, a memória falha. No entanto, insiste em reter imagens que gostaria de apagar. Sente-se exausta, mas quer mover-se. Triste, precisa sorrir. Falar, mas quem a ouviria?

Sentiu seus olhos arderem. Aquela luz lhe trazia doces recordações do sol de sua terra, como lhe queimava a pele; ardia, mas não doía. Fazia bem à alma, porque ainda havia vestígios ou ilusões de paz naquele país, naquela cidade, naquela rua, naquele estreito e longo corredor de cortiço acortinado pelas roupas nos varais. Correndo com o que lhe parecia alegria; a que somente a ingenuidade de uma criança poderia alcançar naquele lugar. Vestindo o véu só para vê-lo voar ao vento, transformando-o em capa, tal qual a heroína do seriado americano que sequer conhecia. Ou a princesa de um castelo encantado, num reino muito distante dali. Podia sorrir, pois o medo ainda não lhe açoitava. Fantasia é liberdade. Infância é só saudade.

Pode me ouvir? Fez que sim com a cabeça. "Está com sede, não está?"

"Dê água para ela. Não fale muito, você precisa descansar", disse o médico.

"Eu quero falar com meus irmãos!", tentou gritar, mas a voz não saía.

Ele não a ouve, ninguém mais a ouve.

Em sua mente, o estrondo. Não eram mais tiros de metralhadora. Bem perto de sua casa, da sua infância, sua inocência. Viu a si mesma gritando, carregada nas costas pelo herói de vermelho, feito uma trouxa de roupas que foram deixadas no cortiço. Enquanto as chamas apagavam os vestígios de paz, liberdade e sorrisos que ainda havia. Os pais, teimando em salvar o pouco que tinham, entenderam que o fogo não dá tempo a ninguém. E seus irmãos, eram três, quase ficaram para trás também.

Sentiu a água escorregando pela garganta com alívio e dor. Quem são essas pessoas todas vestidas de branco? As bombas devastadoras não paravam de cair, mas ela não conseguuia mais correr. Cega, a nuvem de fumaça tropeçava nos escombros. Tudo cheirava a destruição e morte.

A princesa, a heroína, tinha tantos sonhos e uma tonelada de cinzas entre eles. Ela, que tantas vezes sobrevivera, era apenas mais uma entre centenas, milhares. Despedaçados, castelos morriam e renasciam, sendo reconstruídos quantas vezes lhes fossem permitidas. Feitos de lona e erguidos por toras de madeira e orgulho, que qualquer vento ou chuva forte poderia facilmente derrubar.

Mas, naquela terra, a única tempestade que chegava era a de balas e mísseis disparados ao acaso. Manter o castelo de pé era meramente uma questão de sorte ou azar.

Ainda assim, ela continuava a sonhar. O mar estava logo ali e parecia tão calmo. Pouco a pouco, todos acomodavam-se com sua muda de roupa. Crianças iam ao colo de seus pais. Ela, que já não tinha colo, arrumou um cantinho na ponta para seus três irmãos, vestiu os coletes salva-vidas em cada um, deixando apertado o bastante para segurar e não sufocar. O barco estava cheio e não era só de gente. O que ele tinha demais era esperança.

Começou a navegar com os primeiros raios de sol. Vento brando. As poucas ondas embalando o sono que teimava em aparecer, mesmo que a ansiedade fosse mais forte. Num instante, os olhos se inundaram de uma tristeza disfarçada de alegria, uma nova vida a esperava em algum lugar além desse mar azul. Longe dos canhões, das metralhadoras, dos escombros, e perto da liberdade. Contava as horas no velho relógio de pulso dado pelo pai quando ela completou dez anos. Os ponteiros andam depressa, mas ali, no meio do nada, o tempo não passa. Será mesmo que esse barco saiu do lugar?, ela se perguntava.

Não sei há quanto tempo está encolhida no mesmo canto, entre os irmãos mais novos. Já era tarde e a fome não tinha piedade. Mas ela só algumas bolachas, um pedaço de pão e a água, que dividira com os pequenos. Outras crianças começavam a ficar inquietas, algumas choravam, sendo repreendidas por seus pais. Quanto será que falta para chegar, perguntavam, sem ouvir resposta. Ela acalentava um de cada lado, fazendo cafuné para apressar o sono.

Sua lembrança mais terna é a do pôr do sol daquele dia, recolorindo o horizonte em matizes de azul, amarelo e rosa. Chamando a noite, única evidência de que o tempo passa. Só não imaginava que, na escuridão, o mar também se assustasse, balançando o barco com mais força. E o vento, que era brando, agora é de assoviar. Não havia motivo para preocupação. Logo estariam em terra firme.

Mas a noite não dá trégua, e as ondas, cada vez mais altas, lançam a frágil embarcação de um lado para o outro, sem dó. O vaivém agora era embalado apenas pelas preces, silenciosas ou não. *Allahu akbar.* Deus era tudo o que tinham para se agarrar, mas insuficiente para enfrentar a fúria do mar. E bastou um solavanco para que tudo fosse engolido. Que surpresa perceber o quão leves somos, humanos; nossos sonhos e esperanças boiavam na calmaria da tempestade sombria. No balanço aterrador, ela só desejava que o sol nunca tivesse se posto. De repente, sufocou, não pôde mais respirar. Seria a fumaça, o calor ou a dor? Chamem o médico, por favor! Tentaram reanimar seu coração que já dava sinais de cansaço. Ele, que tinha resistido até à fúria do mar, parecia cansado de lutar. Sucumbiria à maldade dos homens, que não perdoa os corações que sonham demais.

Bem lá no fundo, uma voz lhe traz paz: está tudo bem, mamãe, isso foi há muito tempo. Nunca mais houve um pôr do sol como aquele.

Seu Ali

Para meu avô, Mustapha Ali Mourad,
que hoje descansa em solo sagrado.

Saiu do quarto e perguntou: como estou?

"Está lindo, vô!"

Era a frase que ele mais gostava de ouvir.

Ainda jovem, seu Ali chegou ao Brasil com uma mão na frente, outra atrás. Deixou sua casa num vilarejo pobre do Líbano para tentar a sorte no estrangeiro. O Brasil, ele ouvira dizer, tem terras muito boas para plantar e precisa de gente para trabalhar. É um país grande, diferente daqui, que se percorre inteiro num dia. Não deve ser difícil achar um pedaço de chão e uma carroça para se locomover. Nem bem tinha se casado com uma pastora de ovelhas por quem se encantou em uma de suas tantas andanças pelos Alpes libaneses, uma linda morena de olhos verdes.

A casa não tinha espaço para os dois. Afinal, é como dizem, quem casa quer casa. Mas seu Ali queria mais do que isso. Queria ter seu próprio negócio, ganhar dinheiro, ter uma penca de filhos e prosperar. Necessariamente nessa ordem. Vendeu o que tinha para comprar a passagem de navio, mas o dinheiro só deu para a dele. Assim, jurou de pés juntos que vinha juntar dinheiro e mandaria buscar a mulher e os dois filhos que já haviam nascido. E fez como prometido: foi mascate, vendeu roupa de todo tipo, cuidou de cavalos por alguns trocados, carregou cimento e pedra no muque, dormiu noite após noite em uma cadeira vigiando um pequeno salão até poder comprar uma cama decente. Se tivessem lhe dado o pão que o diabo amassou, seria de bom grado, mas tantas vezes nem pão tinha para comer. Quando a família chegou, já tinha comprado um casebre em São Paulo. Um sofá, uma mesa, duas cadeiras, um banheiro e um fogão a gás. Seria o suficiente, se mais dois filhos não tivessem chegado. Dedicou-se a construir uma casa grande para acolher a todos, os que já tinham nascido e os que estavam por vir. Enquanto sua esposa dava à luz periodicamente – já tinham um menino e três meninas – decretou que as crianças parariam de nascer somente quando viesse um companheiro para seu filho varão, o que aconteceu apenas na oitava gestação. Seu Ali era assim, o que falava estava escrito, decretado. Virava lei. E era por isso que ninguém duvidava quando ele dizia: não se preocupem, meus filhos, não vou morrer tão cedo. Deus só vai me levar quando eu puder ir a Meca. Quando ele dizia isso, todos nós desejávamos que ele nunca pudesse ir à cidade sagrada. Para quê? Ele já cumpria suas obrigações com a religião aqui mesmo, rezava as cinco vezes por dia e lia o Alcorão. Não precisava ir. Os anos foram passando, os filhos cresceram, vieram os netos. E, um dia, veio a noticia que ninguém queria ouvir:

"Este ano, vou a Meca."

A frase teve o efeito de uma bomba, gerando um conflito familiar. Mamãe, a filha mais velha, argumentou: meu pai, não há necessidade, o senhor já tem certa idade, e as suas safenas não vão suportar, isso sem falar no percurso, que é muito longo. Não é para o senhor. Mas o senhor deu de ombros. Fosse homem de desistir, nenhum de nós estaria aqui hoje, nessa casa grande, com mesa farta. Se essa era a vontade dele, devíamos respeitar. Vou contigo, disse vovó, encerrando a questão. Duas semanas depois, eles partiram em grande comitiva para a Arábia Saudita. O avião não era fretado, mas pelo menos noventa por cento dos passageiros eram muçulmanos. Assim eram todos os anos, milhares deles embarcando para o Haj. A tradição é matar um carneiro para dar de comer aos mais necessitados no caminho até a sepultura do Profeta Muhammad, um por pessoa que desejar abençoar. Ao menos uma vez na vida.

Pela televisão, acompanhávamos as notícias, e, vez ou outra, eles telefonavam para nos tranquilizar. Na última vez que ligaram, já estavam no Líbano, matando a saudade da família distante.

Tínhamos a certeza de que Seu Ali era duro na queda. Que pena! Não foi dessa vez que Ele me levou, declarou em seu tom de escárnio habitual. Mas da próxima não passará, sentenciou.

Senti um arrepio na espinha quando a sala, repleta de visitas, se calou. Vovó baixou a cabeça e saiu. Os filhos o repreenderam para que não brincasse daquela maneira. Quem disse que estou brincando, o velho replicou e completou com um "vocês precisam se preparar, minha hora está chegando".

De fato, o coração do querido velho vivia dando sustos, fazendo-nos correr ao hospital. Uma arritmia aqui, outra angina ali, as safenas (já comentei das safenas? Foram cinco!). O diabetes também o castigava. Ele realmente deixava o nosso coração na boca, mas a recompensa é que sempre voltava para nós. E eu pensava: como ele consegue?

Ainda não havia chegado a sua hora, simples assim. Porém, quando menos se esperava, repetiu a frase que causou comoção alguns anos antes:

"Este ano, vou a Meca."

Desta vez, nada se ouviu além do silêncio. Foi um anúncio solene, quase fúnebre. Vou contigo, repetiu a mulher. Não, vou sozinho. Sempre terei muita gente comigo, não se preocupem. E estava acabado.

Seria inútil dizer qualquer coisa.

Após esse dia, vovô mudou. Era o homem atencioso e doce de sempre, mas andava mais introspectivo, não falava muito. Passou a fazer caminhadas diárias e a visitar os parentes próximos com mais frequência, a maioria das vezes levando presentes ou coisas que julgava não precisar mais. Passava horas trancado em sua antessala de porta de vidro lendo o Alcorão. Curioso é que jamais obrigara nenhum dos filhos ou netos a estudar religião. Vovô era sábio e, como tal, sabia respeitar o livre arbítrio. Só pedia que fizéssemos o mesmo por ele.

No dia do embarque, vaidoso, vestiu-se com a elegância de um lorde inglês, o terno cinza escuro estilo risca-de-giz, bem cortado, a barba devidamente feita, a pele macia e os sapatos italianos que adorava, me ofereceu aquele seu sorriso capaz de transformar qualquer carranca em gargalhada. E um abraço do qual nunca consegui me libertar. O cheiro da colônia que ele mais gostava ainda está em minhas narinas e deve estar por ali, no ar do casarão que hoje não é mais nosso.

Era a hora da despedida, breve e afetuosa, como todas devem ser. Carregou na mala o suor de todos aqueles anos, os beijos, as lágrimas, a gratidão e o amor maior do que a própria família.

Dias depois, recebemos a notícia de que um incêndio havia atingido as tendas que abrigavam os peregrinos. Os pulmões de Seu Ali não resistiram à fumaça tóxica e o coração frágil parou de bater na última manhã do Haj. Foi quando eu decidi que usaria o véu para sempre.

De lá, da Terra Sagrada, só retornaram alguns pertences. Eu, como neta do meio, reivindiquei o cachecol de lã, que ainda guarda o cheiro daquele último abraço.

Virgem

Um lençol sujo de sangue na janela e muitos aplausos. Poderia ser uma cena de filme se não fosse onde eu vivo. Cumprindo o prometido, a família do meu marido me levou ao médico enquanto eu pensava em me jogar debaixo de um carro, ou na linha do trem, tanto faz. Naquele dia, finalmente, o médico atestou o que só eu sabia: intocada, virgem, imaculada!

Como pode, depois de tanto tempo de casada? Impossível! Você está louco, mamãe ria da cara do ginecologista. Ora, minha filha se casou há um ano, hahaha!

A sogra cuspiu no chão e, com olhos faiscantes, desafiou o paciente doutor: "Você está querendo nos fazer acreditar que meu filho não é homem?". Se é verdade, que Allah faça esse cuspe secar agora! Não satisfeita, salientou: "Ora, se o casamento não se consumou, é porque ELA – levantando o dedo indicador em direção ao meu nariz – não é mulher suficiente para ele! Aliás, eu sabia disso desde que a conheci. Uma garota sem graça, sem porte, desenxabida! Não foi à toa que esperou trinta anos por um marido, tinha de ser o pobre do meu filho!"

Aquilo foi a gota d'água para um bate-boca sem precedentes entre mãe e sogra, que incluiu xingamentos, arranhões, e pontapés.

Eu e o médico assistíamos a tudo de camarote. Ele, horrorizado. Eu, indiferente.

Quando os gritos já podiam ser ouvidos do lado de fora, o baixinho doutor resolveu intervir e virou vítima, levando um golpe com a bolsa de uma e um tapa na cara de outra, que lhe deixaram marcas. Então, o coitado, que já tinha tido muita paciência, se enfureceu, chamou a segurança e nos expulsou de lá, enquanto as demais pacientes da sala de espera riam da situação e até filmavam o ocorrido. Não é assim que fazem hoje em dia? Ao invés de tentar ajudar, fazem um vídeo e botam na rede social só para ganhar alguns likes, transformando sua vida particular (e a dos outros) em chacota para o país inteiro, para o mundo inteiro. Nisso o Egito não era diferente, apesar ou graças à Primavera Árabe. Muitos acham que as coisas mudaram por aqui depois disso. Mas como se pode mudar em poucos anos uma cultura que atravessa milênios?

A verdade é que eu estava pouco ligando para isso, minha palavra estava dada. E agora, com a comprovação de que o casamento não foi consumado, eu poderia pedir sua anulação.

Ele exibiu o lençol branco manchado de sangue na sacada do quarto do hotel três estrelas. Já havia uma pequena multidão em volta do prédio. Era para ele ter aparecido até às onze horas da manhã, mas só se apresentou às dezessete horas, hasteando a bandeira de sua virilidade.

Obviamente, a demora ocorreu porque estávamos aproveitando a noite de núpcias, justificou aos parentes mais próximos.

Não quis ver, mas pude ouvir os aplausos e gritos de aprovação. Dentro do quarto, ainda éramos dois estranhos. Apesar da minha lingerie, do banho na banheira com sais afrodisíacos, strip-tease à meia luz – aprendi com uma amiga estrangeira –, às vezes eu o aguardava na cama sem nenhuma peça de roupa debaixo dos lençóis, até dança do ventre eu fazia.

Um dia, tive um ataque de fúria. Se não me quer, por que se casou comigo?! Você não é homem! Senti o peso da sua mão ardendo em minha face, mas não baixei a cabeça. Seria o início de uma reação? Eu te amo, Suria, ele confessou. Pude ver sinceridade e desgosto em seus olhos. Então me faça mulher, por Allah, somos casados! Não é pecado, certo? Pecado é uma mulher ter que implorar ao seu marido que faça amor com ela. Foi a primeira vez que senti seus braços fortes me agarrando. Mas, ao invés de me jogar na cama, ele simplesmente me abraçou e chorou, no máximo de proximidade que nossos corpos já tiveram.

Quando conheci Emir, nem sei o que senti. Não sei se posso chamar de amor. Na verdade, não sei o que é esse amor do qual todo mundo fala: quem tem espalha aos quatro cantos, e quem não tem finge que tem. Eu não sei. De onde eu venho isso não tem nenhuma importância. Só sei que meu noivo era bonito, gentil, agradável e isso bastava para eu me casar com ele. Aliás, isso é bem mais do que a maioria das mulheres consegue por aqui. Nossa, um militar! Quem diria, hein, Suria? Depois dos trinta, um casamento assim não é fácil de se arranjar. Quantos camelos seu pai deu a ele? Quantos hectares de terra? Todos sabiam que minha família era uma das mais pobres da região. Você foi abençoada! *Inchallah!* Minhas amigas, mais novas do que eu, que antes ostentavam seus maridos caquéticos, rudes, agora se corroíam de inveja.

Na noite de núpcias, pediu chá gelado camarões grelhados e morangos frescos, que me remetem ao champanhe que vejo nos filmes estrangeiros. A você posso contar: sou fascinada pelas garrafas de champanhe e pelas taças finas de cristal. Sempre quis experimentar. Ouvi dizer que as bolhinhas massageiam bem a língua, deve ser muito interessante. Mas aqui não há sequer uma mostra para experimentar. Experimentar. Quantas coisas haverá lá fora para eu experimentar? Meu marido viu um filme na TV. Discursou sobre sua infância, sobre sua incursão na carreira militar. Pediu que eu falasse sobre mim. Ora, por favor, a última coisa que eu queria fazer naquele momento era conversar. Temos todo tempo do mudo para isso, habibi. Eu estava ali, pronta, inteira para ele, vestindo somente a camisola de seda encomendada especialmente para aquela noite.

Ele disse que não queria me machucar. Sim, talvez machucasse um pouco. Eu tinha lido que a primeira vez era um tanto incômoda para a mulher, já tinha lido tudo o que podia sobre isso nos livros e revistas censurados e traficados pelas colegas, nas páginas proibidas da internet, nas músicas de rock, rap e hip-hop que chegam do Ocidente. Eu esperava por aquela noite há décadas! Na verdade, não aguentava mais esperar. E agora, meu marido não quer me tocar. Que homem diz isso para sua esposa em plena noite de núpcias? Pega uma agulha de costura e fura o dedo, deixando pingar cinco gotas no lençol onde deveríamos estar deitados e saciados naquele instante e pronto, está resolvido. Claro que ele não gostou de mim, me achou feia, nariguda, magra demais. Não tenho ancas largas (*Yama* diz que todo homem gosta de ancas largas). Minha virgindade em apenas cinco gotas para a farsa. Casei-me com um homem que não me deseja. Estou farta.

A farsa agora completava um ano e eu estava decidida a colocar um ponto final nela. Emir implora. Tenta, em vão, comprar meu silêncio com joias e outros mimos, mesmo sabendo tão bem o que eu quero dele. Se eu não tivesse o que queria, todos saberiam que o comandante do exército, tão másculo, de viril não tinha nada! Esperava uma atitude, mas, mesmo diante da ameaça, encolheu o rabo entre as pernas, recolheu algumas roupas e saiu de casa. Era o que faltava para eu me convencer de que o problema não era eu, e sim, ele.

Orgulho ferido, fiz chegar aos ouvidos de todos o que era fato. Seus colegas do exército ficaram horrorizados. O desaparecimento de meu marido não impediu que sua família viesse tomar satisfações. Empinei o nariz: não sei onde ele está, nem quero saber. Seu filho não é homem suficiente para mim. Se duvidam da minha palavra, um médico pode facilmente comprovar o que digo!

Ninguém nunca soube que fim levou meu ex-marido comandante. Depois do escândalo, sumiu no mundo para se livrar da vergonha. Ou talvez tenha sido caçado como um bicho pelos próprios colegas. A família nunca procurou por ele, mas meus ex-sogros choram ainda o desaparecimento do filho, que mesmo que esteja vivo em algum lugar desse mundo, para eles está morto, que é como devia estar depois de tamanha vergonha. Existem coisas definitivamente imperdoáveis neste lugar onde ainda há certo e errado, bom e ruim. Há uma cartilha a seguir. Se você erra ou não completa a lição, está reprovado.

Às vezes sinto culpa pela destruição de uma família. Surpreendo-me em sonhos, pensando em como seriam os filhos que não tivemos, os aniversários que não comemoramos. Bobagem. Hoje sou uma micro-empresária do ramo de vestuário, bem longe de tudo. Eu disse aos meus pais que, já que o casamento não tinha dado certo, ia trabalhar e ganhar meu próprio dinheiro. Eles consideraram que eu estava perdida, que outro homem poderia me querer? Não se importavam mais. E aqui estou, vivendo sozinha no deserto, enfrentando sóis escaldantes com litros de filtro solar, pois as sardas já não me deixam descuidar. Meus dias são sempre iguais. Jogo cartas e palavras cruzadas. Não faz muito tempo, começou a ter sinal de celular nessa região, o que diminuiu consideravelmente meu nível de tédio. Um e outro turista que chega também ajuda. Alguns compram bastante, outros só jogam conversa fora, pechincham, pechincham e vão embora sem levar um mísero anel ou uma pulseira. Meu livrinho de passatempos acabou e hoje ainda não vi ninguém diferente, a não ser essa nuvem negra que paira, milagre numa terra onde a seca é presente em praticamente todos os dias do ano. Estendo as mãos para o céu e oro, dando boas vindas às primeiras gotas.

Uma cliente se aproxima. Está vestida com uma linda abaya vermelha e um véu branco que deixa apenas seus olhos à mostra, delineados com kajal. Olhos negros como a nuvem que passou.

Pergunto em que posso ajudá-la. Algum traje em especial? Pingentes, pulseiras, anéis, temos muita variedade. Ela não responde, apenas me segue. Insisto, sem nenhum êxito. Seria surda e muda? Abaixo-me para pegar um papel e uma caneta e, quando dou por mim, ela já está atrás do balcão, ou seja, ao meu lado, encostando um cano frio em minhas costas. Um arrepio e já não consigo me mexer. Pergunto o que quer. Leve o que quiser! Tento gritar, mas a voz se recusa a sair. Estou trêmula. Ela ainda não diz nada. Parece se divertir com meu temor, como muitos homens por aqui.

Com a arma apontada agora para minha cabeça, a invasora se afasta e, sem tirar os olhos de mim, escolhe um traje masculino! Este aqui, quero este aqui, pronuncia vagarosamente as palavras como se eu pudesse não compreendê-las. Não era uma voz nada feminina. Era, aliás, de um tom bem familiar. Estou ficando tonta e não vejo mais nada, mas a voz ecoa em meus ouvidos tal qual o chamado da oração.

Desperto em um lugar reconhecível. Estou em casa, para meu espanto, na casa que era minha e de meu marido. Não sei há quanto tempo. Tento me levantar da cama e sinto as amarras. Paro, olho ao redor, tento ouvir algum ruído, mas só me vem aquela voz que ouvi segundos antes de tudo ficar escuro.

Espero que tenha tido um sono agradável, diz. O susto impulsiona meu corpo para frente. Só posso estar ficando maluca. Quem está aí? – respondo, aos berros.

"Você sabe quem é, habibi! Habibi..."

Vejo a abaya vermelha e o véu branco pendurados no gancho da porta do quarto, que se abria lentamente.

"Sentiu minha falta, *ya ayni*?"

Eu era os olhos dele, era assim que ele me chamava. A porta se abre completamente. Ele parece não se abalar diante dos meus olhos incrédulos. Trouxe pão, leite e ovos. Fiz mexidos, como você gosta. Coma. Ah, sim, espere! Ele solta minhas mãos.

Eu nem lembrava o que era fome.

"Allah", foi a única palavra que consegui exclamar. Mas, por favor, não vamos falar em Allah agora, ele não tem nada a ver com isso. Acho que tornou-se um ateu convicto.

Concordei, dei grandes goles no suco que ele me ofereceu junto com a comida. E, depois de respirar fundo, perguntei por onde tinha estado, por que tinha voltado. Na certa tinha ódio de mim, queria se vingar, me torturar até a morte. Riu alto como jamais o tinha visto rir antes. Contou-me de suas viagens pelo mundo, por alguns lugares inesquecíveis: Paris, Roma. Desejou que eu estivesse com ele na Europa, nos Estados Unidos, a terra da liberdade!

"Você ia adorar! Voltei porque quero pagar o que lhe devo. Você salvou minha vida, Suria. Tenho que lhe agradecer por isso, falou quase sem respirar."

Voltei a ficar muda, mas meu pensamento gritou. O que me deve? Ele estava falando daquilo.

A pergunta veio num golpe só, me nocauteando: Você não é mais virgem, é? Titubeei, desviei o olhar, me levantei. Responda, por favor. Respondi. "NÃO! Você pensou que eu ia te esperar até a morte?"

O ex-comandante suspirou, deixando escapar um "ainda bem" e aumentando meu espanto.

"Nunca fui feliz no exército, tinha uma vida que não era minha, não seria justo te arrastar para tanta infelicidade. E, além disso...eu não queria ter uma virgem!"

"Não queria ter uma virgem?"

Não queria ter uma virgem. Repeti a pergunta/frase pelo menos dez vezes, para ver se adquiria algum sentido.

Ele pediu, ordenou que eu parasse. Você está me deixando nervoso, ralhou, segurando meus punhos com força.

E, dessa vez, fui eu quem falou mais alto: que homem é você, que não deseja uma virgem?!

Vou lhe mostrar que sou muito mais do que qualquer homem dessas terras, sussurrou, mantendo meus punhos presos, aproximando seu rosto do meu. Ofegante, cerrei os olhos. Hoje, sou um homem livre. Você é uma mulher livre também, e eu quero você assim.

Sem me dar mais nenhum segundo, sugou meus lábios, primeiro suavemente, depois com força sua língua invadiu minha boca e a minha retribuiu. Arrancou-me o véu amarelo ouro, esgarçou o tecido até parti-lo em dois. "Você não precisa disso!" Fez o mesmo com o vestido azul turquesa, arrebentando os botões e atirou-me na cama exatamente como eu desejava, a boca percorrendo-me o corpo, suores escorrendo e se misturando. Parou por alguns segundos para meu desespero, apenas aumentando a expectativa da surpresa. Escancarou minhas pernas já trêmulas, enfiando o nariz entre elas, aspirou algumas vezes. Ela estava tão quente e pulsava quando ele baixou a calcinha, cravou os dentes nas coxas, na virilha e, em seguida, mergulhou em meu sexo como se fosse o Mar Vermelho, explorando, buscando nas profundezas o tesouro precioso que já transbordava, enquanto eu me contorcia.

Virou-me de bruços, completamente vencida. Seus dedos abriram o vão entre minhas nádegas e me acariciaram, ditando o ritmo aos meus quadris que se moviam sem pudor, e nessa hora, também sem pudor eu implorei que ele me penetrasse. Tinha visto seu pênis algumas vezes, mas finalmente pude compreender quando, anos atrás, disse que não queria me machucar. Agarrou-me pelos quadris com força e enterrou-o de uma vez. Contive um grito, contraindo-me inteira. Ele se segurou até que eu relaxasse. E começou a se mover, a pressionar dando voltas dentro de mim, apertando-me os seios com suas mãos enormes, subindo, descendo, desenhando o prazer em meu corpo.

Quando me mudei para o deserto, ofereci meu corpo aos beduínos em troca de comida, água, caronas de camelos e algumas moedas. Eles não costumam se esforçar tanto para agradar uma mulher. Tomavam-me com tanta violência que eu só conseguia sentir nojo e dor.

Finalmente, descobria o gozo! E lamentei ter descoberto tão tardiamente. Adormeci, exausta, nos braços do meu ex-marido, que não era mesmo um homem qualquer. Ao acordar, ele já não estava mais ao meu lado. Tinha levado a abaya vermelha e o véu, deixando-me somente as roupas rasgadas no chão. Quando desabei no colchão, revolvendo as lembranças e os lençóis, avistei um bilhete: "Lembre-se: você é uma mulher livre!".

O resto era o deserto, pequeno demais para mim. O melhor que tinha a fazer era experimentar champanhe em Paris.

A língua

O estrangeiro, recém-chegado do Líbano, passa a catraca e roda, uma vez para ele, outra para a mala. Sentam-se os dois, os olhos movendo-se na direção da paisagem sem conseguir acompanhar a pressa dos carros, das buzinas, das luzes, das calçadas, dos gritos. Viajantes solitários, o homem e sua mala grande, comum, pesada, com uma pequena alça.

Há um sujeito atravancando o trânsito, dá para ver que o peso lhe enverga a coluna e faz cerrar os dentes, produzindo vincos na testa. O ar também é pesado, difícil de respirar, e o papelão na carroça não dá nem para comprar um prato feito. Vai para casa de barriga vazia e joelhos quase arrastando no asfalto.

O ônibus segue seu caminho, ora lento, ora rápido, acompanhando o tráfego. O cara com a mala sentada ao seu lado só desce no ponto final, tenta dizer um boa-noite que ninguém escuta ou entende. Povo mal-educado, esse. Na sua terra, não ficaria sem resposta.

Num bar, já cansado, suado e faminto, só sabe pedir banana e guaraná. Banana tem não, senhor. Guaraná acabou. Só cerveja.

Garganta seca, a sede viu a bebida, virou tudo de uma vez. O álcool queimou, cuspiu. Nunca tinha bebido nada tão amargo. O copo voou longe na mesma direção do cuspe. Aí foi que o do balcão encrespou, vai-te embora daqui gringo safado, se voltar te parto a cara!

Ele acha aquilo engraçado. Deixa estar. Tinha vindo mesmo de muito longe, alguns quilômetros mais, já via gente acenando. O caçula da família nunca havia saído de casa até atravessar um oceano. Magro desde menino, a viagem o fez pele e osso. Não gostava nem um pouco de comer fora de casa.

A irmã lhe sorriu, abraçou forte. O cunhado deteve-se em um aperto de mão, *salam aleikum*. Os sobrinhos o rodeavam tinindo de curiosidade e, rindo, cochichavam palavras que ele, de novo, não entendia.

Já é de manhã quando roda a catraca novamente, para ele e para a mala. Todos olham, mas ninguém diz nada. Assim fazia todos os dias desde que chegara. Ele achava que tinha que comprar um assento para a mala, talvez por carregá-la sua vida inteira; é que agora a condução está lotada, senhor, o jeito é viajar de pé mesmo, ele e a mala, coitada, tão cheia e tão apertada, espremida no peito já esmagado.

A carroça aperta o passo, agora mais veloz do que a mala. Os dois quase emparelhados. Da janela do ônibus lotado, ainda dá para ver o sujeito moreno pálido de dentes cerrados e coluna envergada. A testa talvez não esteja mais tão vincada, pois o peso era menor hoje do que ontem, o que é bom por um lado e ruim por outro. Sua camisa está ensopada e o calor, de ferver os miolos, molhando a mala espremida no peito esmagado. É quando a moça gorda entra empurrando todo mundo. Não encosta não, filho da puta! Filho da puta! O estrangeiro impressiona-se com a palavra, o som, o jeito que a moça fala, com força! Como é que se escreve filho da puta? Precisava aprender logo o português, ô língua difícil, pensa, e desce na próxima parada atraído pelo cheiro vindo de uma esquina. A língua podia ser como o cheiro. Não importa se você está perto ou longe de casa, os cheiros são reconhecíveis em qualquer esquina do mundo. Era de uma carroça. Agora de pipoca. Faz sinal de "um" com o dedo, levantando o indicador (ainda bem que não foi o do meio) mas as moedas na carteira são insuficientes. Xi, tu não fala minha língua não, né? Eu, hein, povo do estrangeiro vem pra cá só pra dar prejuízo pra gente! Tá, tá, leva, filho da puta!

Ainda agradeceu, *chukran*, com um sorriso. Com certeza é elogio! No caminho, andando sem onde nem por que, balbucia: Fiii-llllho da buta, sua terceira palavra em português. Banana, guaraná, filho da buta. Nunca tinha visto semáforo, *chu helou*, que enfeite bonito, aqui estão em toda parte, lindas as luzinhas piscando, pena que isso não tinha na sua cidade. Atravessa a rua quando o sinal redondo fica verde – coincidência ou não, verde é sua cor favorita – ouve a buzina, que o seu povo de lá só usa para festejar casamento, aniversário ou o fim do Eid. O que será que eles estavam festejando, o estrangeiro ficou se perguntando.

Chegou a uma praça, se acomodou debaixo de uma árvore e lembrou da sua infância. E também da adolescência. Quando se deitava com ela, o cedro era o único que o acolhia.

O cansaço cruel evocava o sono. Tinha dormido tão pouco, mal o seu corpo tinha se habituado ao horário local. O vento da noite resfriava a pele, enquanto a mala permanecia aquecida por seus pés doloridos e cheios de bolhas. Ele a olhou, profundamente triste. Havia sido um presente dela. Quando chegarmos ao Ocidente seremos felizes, habibi. Teremos paz, prometeu antes de se despedirem para sua última noite de sono na terra natal.

Pegou a pequena chave no bolso e a abriu. Acima de tudo, uma foto dela sorrindo. Por que não tinha feito nenhuma deles juntos?

Investira todas as suas economias nas passagens para o único navio que fazia essa travessia até então. Partindo do Líbano, fazendo uma parada em Roma e, depois, direto para o Brasil. Um mês de viagem. Combinaram um mês antes da partida. Fizeram planos. Uma casa com jardim. Cinco filhos. Talvez um carro usado. Seu cunhado, que lhe daria um emprego no comércio, diz agora que o negócio está mal das pernas. Talvez nas festas de final de ano, quem sabe, tem que esperar o movimento da loja melhorar.

Acontece que lhe faltava esperança para esperar. Um rosto angelical num retrato em preto e branco e um véu estampado de flores era tudo o que sobrara dela. Por que não cumprira sua promessa? Adormecera segurando o leve tecido nos ombros e esperando, sim, uma resposta.

No sereno, descansavam ele e a mala ainda aberta. Só que o gringo não sabia que, à noite, nada tem dono. Quando acordou, ela já tinha ido, junto com os pertences de toda uma vida. Ao menos a foto ficara escondida em seu peito esmagado. Mais solitário e um pouco tonto, pôs-se a caminhar de novo à procura da mala, distraído, sentindo apenas os roncos do estômago. Aonde fora e com quem, sua única companheira?

Tentou dizer que tinha sido roubado, o cobrador não entendeu nada e girou a catraca, talvez por pena ou considerando o crédito que ele já tinha pelas outras viagens pagas em dobro. Quase chegando ao ponto final, avistou a carroça familiar. Dessa vez, prestou mais atenção nela do que no homem que a puxava. Estava abastecida de papelão, uma geladeira, rádios de pilha, panelas, garrafas e muitas latas. Mas, abaixo disso tudo, continha um pedaço de couro marrom que ele reconheceu na mesma hora, quando socou a campainha para o motorista parar. Não precisou correr muito. O catador, como sempre, seguia devagar. Fez malabarismo e mímica para explicar que tinha algo seu na carroça, mergulhando as mãos sujas nas quinquilharias e logo sentiu a textura tão conhecida, puxando-a com força, embora nem precisasse tanto. Estava vazia. "Esse, esse minha!", gritou. O simplório catador logo se defendeu, não sabia de nada, a coisa estava jogada num beco ali perto da pracinha, nunca roubei, nunca matei. Faça-me o favor, tome sua mala. O gringo feliz lhe dá um abraço e ainda um beijo na testa, como se faz na sua terra. Sai pra lá, que negócio é esse, rapaz! Antes de ir embora, completa com um "Deus te broteja, filho da buta", com o "p" que em sua língua virava "b". O silêncio toma conta da rua. Vendo a vista escurecer de raiva, o dono da carroça mira uma de suas garrafas na cabeça do inocente e acerta o alvo. "Puta é tua mãe, desgraçado, não a minha!"

No hospital, sua família chega toda apressada, e a irmã, de voz estridente xinga em árabe, que só ele entende. Por onde você andava, seu *jahch*? Passada a dor e o susto, ele se lembra de perguntar à irmã: o que é "filho da buta", mesmo?

Incendiadas

Definitivamente não somos uma família comum, concluo, mas a mesa do jantar já está posta, uma mesa grande e farta. E quando menos espero ele vem me tirar do sono e do tédio. Meus olhos fecham, sinto-o debaixo da mesa. É, quem diria, um pé que me descobre abaixo da cintura, a ponta dos seus dedos acariciando a batata da perna. Meus olhos fechados arregalam-se. De excitação, contentamento, aflição, medo não sei. Continuo imóvel, mas os pés pulam de uma perna para outra. Como se atrevem. Ele, à minha frente, sorri, guardando a inocência de um menino. Todos estão se servindo e eu não tenho fome. Já sei, como só a salada. Vejo a comida no prato, a boca mexendo, os dentes mordendo, talvez a fome esteja começando a surgir, e quanto mais ele come menos fica saciado, talvez sua fome seja outra, assim como a minha. Por quê? É segredo, mas eu lhes digo, seus dedos já estão nos meus joelhos. Se estivesse ao meu lado, a mão direita estaria em minha coxa esquerda e não naquela em que ele crava os dentes agora.

Alguém, não me pergunte quem, me pergunta algo como. "Ah, e como estamos?" "Bem, muito bem, obrigada." Ele agora fecha os olhos, sua boca está na colher da sobremesa que ele suga, o gosto frio metálico unindo-se ao doce da língua quente suave. Calafrio. Mas logo abre os olhos e volta para os meus. O calor, que já é grande, aumenta. Se eu estou bem? Muito bem, obrigada. Acho que estou mordendo os lábios, não tenho certeza. Vermelha. Por que eu estaria vermelha? Deve ser o calor. Oferece-me um pouco de sobremesa, me faria bem, realmente o calor está de matar. E como está. Com medo de engordar? Não precisa, você está ótima. Esboço um sorriso, não sei se de alívio. Estou ótima. Imagino suas palavras ao pé do ouvido. Param por um minuto os pés atrevidos e umedeço tanto quanto o sorvete em cima da mesa. Aquela mesa. Se eu virá-la, posso ficar junto dele. Isso são modos de uma boa moça! Bons modos. Pro inferno, é para lá que quero ir! É de mármore ou de madeira? A toalha de linho branca não deixa sentir, mas sei que está com os pés bem firmes no chão. Não terei força para virá-la. Poderia tentar subir nela para alcançá-lo e puxar sua gravata até enforcá-lo. Assassinato não é uma má ideia. Começo a roer as unhas. A primeira mulher me aparece toda risonha (é a mais velha) e acho que está com raiva porque é a primeira e sempre será a primeira a ser preterida. A segunda me recebe muito bem, até com certa ternura, embora eu possa sentir sua inveja pela minha juventude. A terceira está mais próxima a mim, entretanto, claramente, deseja a minha morte.

As regras do rodízio estão expressas em uma folha de caderno pregada na porta da geladeira; tudo tão simples quanto uma lista de compras ou receita de bolo. Segunda era o dia da primeira; terça, a vez da segunda; quarta, da terceira; na quinta quem ficava com ele era eu, a quarta e última esposa. Sexta é dia sagrado, de descanso. E, aos fins de semana, o provedor escolhe quem quiser. É o mesmo homem , mesmo rosto, mesmo corpo, se der algo para uma é obrigado a dar para todas, assim Allah determina. A primeira sempre tenta apaziguar. A segunda já se gaba: não, senhora, o meu é mais sexy! A terceira se rebela: o meu é mais generoso, me dá muitas joias, ouro! Viram o bracelete e os brincos que ganhei ontem? Por acaso alguma de vocês ganhou igual? Já a quarta não se incomoda, pois acredita que ele lhe dará algo ainda mais precioso, aquilo que estava guardado a sete chaves e que jamais havia oferecido a nenhuma delas.

A terceira se revolta e as demais tomam partido. Alguém, por favor, interne esta louca! Estão se referindo a mim? Não tenho forças para revidar e, na realidade, entendo a dificuldade em aceitar. Assim que eu conseguir me levantar dessa mesa, me sentirei mais forte.

Subitamente, mãos tapam minha visão. Finalmente ele terminou de comer. Inspiro fundo com o toque dos seus lábios, o som do sorriso. Nos braços, um abraço forte e já me reconheço. Então, me tira da mesa e me carrega para o quarto, as outras assistem desviando levemente o olhar, não a tempo de impedir que eu perceba suas lágrimas insistentes espremidas num canto. Talvez porque estejam vendo com seus próprios olhos a verdade tão difícil de encarar.

Sinto muito, mas sou a escolhida. A elas, só resta retirar a mesa do jantar.

As lágrimas reprimidas finalmente escorrem, molhando as sobras de comida nos pratos e as migalhas de pão na toalha. O ódio escoa, mas não se esvai. As três mulheres lavam a louça, limpam a mesa e recolhem-se, solitárias, mesmo dividindo o mesmo quarto. Banham-se e oram para que Deus as perdoe, desejar a morte de um semelhante é *haram*. Mas sabem que pedir perdão por pecados inevitáveis é tão inútil quanto desejar ser a única mulher da casa.

Deitam e rolam cada uma com suas tristezas, porém, o sono, seu único alento, não vem. A felicidade no quarto ao lado é tão grande que atravessa as paredes. Entre risos e gemidos, o jardim da inveja floresce; suas plantas têm mais viço.

Sentadas ao pé da cama, tapam os ouvidos. Ensurdecer não é uma solução viável. Ou andando de um lado para o outro na esperança de que o cansaço cure a insônia. Como o espaço não é tanto, acabam se cruzando e se atropelando – às vezes a trombada é tão forte que deixa hematomas – aumentando as dores que já não são poucas.

Se esse pouco espaço de tempo e lugar é suficiente para florescer o jardim da inveja, regado à falta de amor e um bocado de ódio, logo brotam os gomos da vingança, palavra que as três repetem em uníssono: VINGANÇA, iniciando a trama da minha morte. Veneno. Muito fácil, pouco cruel. Querem que eu agonize a cada sorriso de vitória, a cada olhar de desprezo, a cada noite mal dormida que eu lhes proporciono. No entanto, preciso me defender de tais acusações, que não possuem o menor fundamento. Nunca me senti vitoriosa, nem as desprezei, ao contrário, sempre tive muito respeito por todas. Quem as desprezou foi ele. Vocês não suportam o fato de eu ser mais jovem, mais bonita e mais desejada. Lembrem-se: se existe um culpado, esse alguém é ele. Talvez um afogamento acidental no rio. Um atropelamento seria eficaz; no entanto, muito arriscado.

Quatro mulheres e um bom marido. Amante? Excepcional, devo reconhecer. É por isso que têm tanto ódio de mim? Eu não lhes roubei o marido, mas o amante. Não devem existir muitos como ele por aqui, é verdade. O que não chega a ser exatamente um problema. Com ele, nunca teremos harmonia, percebem? Unidas, podemos ter muito mais. Vou lhes contar outro segredo: hoje fizemos algo inusitado. Eu o amarrei na cama e ele estremeceu. Duvido que alguma de vocês já o tenha feito estremecer. Claro que não. Vocês queriam saber por que sou sempre a escolhida, agora já sabem. Faça um homem estremecer e ele nunca mais vai desejar outra mulher. Calma, eu ainda não terminei. Depois de estremecer, incendiava. Você me faz estremecer como gelo e arder feito brasa, foi o que ele me disse. Dois extremos na mesma cama. O incêndio era consequência.

Enquanto nosso amado marido enlouquecia a ponto de se debater, eu procurava as chaves da porta. Falha minha, confesso: eu as esqueci no parapeito e, quando voltei para buscar, não estavam mais lá! Desesperada, pulo a janela. O vento deve ter levado enquanto a fumaça se erguia. E o fogo foi crescendo, devorando o quarto, até não sobrar mais nada. Ele implorava: incendeie-me! Na cama, é tudo tão mais fácil e perigoso. Realmente, uma fatalidade, minhas senhoras. Um verdadeiro milagre eu ter conseguido escapar. Eu avisei que não era nada bom esse hábito de incendiar.

Estou arrasada, assim como essa cama, assim como vocês. Não era minha intenção tirar-lhes o marido e o amante ao mesmo tempo. Novamente, a culpa não é minha, é dele.

Vendo a cama incendiada, nos unimos. Abraçamo-nos como grandes amigas. Somos, agora, quatro viúvas em perfeita harmonia.

Metade recolhendo as cinzas e metade recolocando a mesa do jantar. O segredo do cofre está guardado a sete chaves.

Mártir

Há dia certo ou errado para morrer? Dizem que a morte não chega de véspera, só de surpresa, não diz quando, nem por que, nem onde. Mas eu, eu escolhi morrer com dia, hora e local marcados. Ah, desculpem, esqueci-me de me apresentar: olá, meu nome é Mariam, tenho 25 anos e sou, bem, não importa, quando estiver lendo isso estarei morta, a essa altura, aliás, já estou. Pessoalmente, acho que esse é o jeito mais justo de morrer, você faz tudo o que tem de fazer, veste sua melhor roupa, se despede dos amigos (estou tentando lembrar o nome deles, não consigo), tudo bem, tem a família (irmão, tio e tia). *Baba* e *Yama*, onde estarão? Certamente num lugar melhor agora, embora sua partida não tenha sido nada justa! Eles não lutavam nessa guerra, e sim contra ela. A vida é muito preciosa para desperdiçá-la com uma arma – essa frase eu ouvi desde pequena – mas eles se foram por causa dela. Dois pássaros e o cão – ah, sim, esses são meus amigos! Tem também os da internet, de outros países. Alguém para conversar que não vai me julgar, me censurar. Tenho um noivo, brasileiro. Tirei o véu para ele na webcam. Ok, já sei que é *haram*, não me importo. Disse-me que eu era linda. Está apaixonado por mim. Não podia perder a oportunidade e perguntei se podia encontrá-lo em seu país, ele não me respondeu ainda. Talvez esteja com algum problema. O noticiário internacional diz que o Brasil é um país perigoso, mas duvido que seja tanto quanto o meu. Ele diz que é um país livre. Tão livre que as mulheres andam nuas pela rua, eu já vi. Muita violência e quem rouba ou mata não tem a mão decepada ou é decapitado.

Talvez ele aceitasse se mudar para cá quando nos casássemos. Tento falar com ele há semanas, mas ele não responde. Desapareceu. Será que é algum problema no sinal da internet? Aqui mesmo é muito ruim, isso quando não bloqueiam o acesso.

A sirene do medo toca, preciso correr, dar comida para o cão e para os pássaros. Lavar a louça do jantar, pôr a roupa para secar, separar umas coisas para doar: meus discos, meus livros, algumas roupas, meus *hijabs*. Meu iPod levo comigo, ninguém vai usar. Não posso esquecer de me maquiar bem bonita! Tomar um banho e um chocolate quente se a água ainda esquentar, vou sentir falta do chocolate, deve ter lá no paraíso, *Inchallah!*

Faltam só três horas para a hora marcada. Será que consigo fazer tudo? O celular vibra, tenho que pegar uma caixa lá embaixo. Desço, arrasto a caixa, é muito pesada, não há mais ninguém em casa. Ouço o som distante dos mísseis que quase se confundem com o da festa de nascimento de um bebê na quadra vizinha – obviamente, um menino. Ironia, enquanto uns choram seus mortos, outros celebram a vida! Agora faltam só duas horas. Abro a caixa. Tem cintos, fios e manual de instruções em inglês, sorte que eu estudei o idioma

Não é nada fácil conectá-los. Amarro os cintos cruzados em meu corpo, tal como mostra a imagem do manual. Visto um niqab com uma tela sobre os olhos. Daqui a pouco eles vêm me buscar.

Na praça central em Tel Aviv, concentram-se centenas de pessoas em protesto contra o conflito israelo-palestino. A população brada, já não se pode mais suportar a guerra, diz um manifestante. Queremos viver com dignidade, reitera outro.

Quero que saiba que não faço isso por mim, nem pelo meu povo. Faço por nós, pois sei que seremos todos irmãos no paraíso. Lá não há guerra, só amor e paz. Nunca acreditei que essa discórdia fosse legítima, não deve haver razões legítimas para tanto sofrimento. Caminho devagar pela multidão, espero a hora chegar. Encontro uma posição estratégica no centro da praça. Minha atenção se volta para o rosto das pessoas. Há de todas as raças: loiros, morenos, pardos, negros, arrisco dizer que árabes também. Crianças chorando, brincando. Em poucos instantes estaremos juntos, não haverá mais razão para lutar ou chorar! Um pequeno manifestante me oferece um sorriso, ao qual retribuo com um aceno. Agora estão cantando músicas judaicas. Shalom, shalom, somos mensageiros da paz. "Mensageiros da paz". O celular vibra, é sinal de que a hora chega. Meio-dia. Só fecho os olhos e rezo. Aproximo o dedo do dispositivo sob a roupa, prendo a respiração. Penso nos filhos que não tive, no meu amor estrangeiro. Maldita internet sem sinal. Espero mesmo que lá tenha chocolate e banho quente também, se não tiver vou me arrepender. *Baba* e *Yama*, estou a caminho, mal posso esperar para abraçá-los. Meu irmão talvez seja jovem demais, mas não ficará sozinho.

Os tios lamentarão por eu não ter arranjado um marido, os pássaros irão cantar em minha homenagem e o cão irá ganir na porta do meu quarto até o dia em que vier me encontrar. A Palestina me amará e toda Israel me amaldiçoará, mas Allah irá me abençoar. Que o fim seja breve, enfim.

Agora falta muito pouco, é logo ali. Já vejo os campos verdinhos, o mar, as flores, a felicidade, a paz. Em minha lápide estará escrito: Mariam, a mártir. O choque, o desespero, a correria. Disseram-me que no paraíso não havia dor. Na verdade, não sinto mais minhas pernas, não deveria sentir mais nada, mas a dor ainda está aqui. É insuportável. Minha cabeça está pulsando, o que resta do meu corpo em carne viva. Incrível que ainda possa abrir os olhos, ver o sangue jorrando, ambulâncias, carros de polícia, muito barulho. Os médicos ainda tentam nos salvar. Eles não entendem que a salvação está lá. Mas o que está acontecendo? Um deles se aproxima e constata que ainda tenho pulso. Olho em volta, todos já se foram e devem estar chegando ao paraíso. Mas eu, já se passaram dez minutos e ainda estou aqui, ainda estou no inferno! O que teria feito de errado? Ou será que também já fui e não sei?

Rapidamente, três homens colocam meu corpo partido ao meio na maca e levam para a ambulância. Não, não façam isso, não me deixem aqui sozinha neste inferno, pelo amor de Deus! Quero gritar, mas já não posso mais. O que teria feito de errado? E então, um senhor com semblante tranquilo, cabelo, barba e roupas igualmente brancas, informa em tom de pesar: "Infelizmente, as portas do paraíso estão fechadas".

Fátima El Kadri nasceu em São José dos Campos (SP), em 1984. É graduada em Comunicação Social – Jornalismo pela Universidade Municipal de São Caetano do Sul (USCS), onde também fez sua pós-graduação. Tendo a escrita como paixão e vocação, desde os primeiros anos de vida dedicou-se à criação literária em suas mais diversas formas, como poemas, contos e crônicas. Participou de diversas oficinas e antologias literárias, como as coletâneas *Crônico! Crônicas brasileiras ilustradas* (Multifoco, 2011), *A imaginação é um abismo* (org. Tiago Novaes, 2016), *Nacionalidade: brasileira* (Ed. Os Dez Melhores, 2022) e *Nós 2: textos de autoria feminina* (Off Flip, 2024). *Por trás dos sete véus* é seu primeiro livro.

Edição Bruno Zeni
Capa e projeto gráfico Sílvia Nastari
Diagramação Rafael Marcon
Revisão Felipe Benjamin

Imagem de capa © Yuliia Antoshchenko/ iStock

Dados Internacionais de Catalogação na Publicação (CIP)
(Laura Emilia da Silva Siqueira CRB 8-8127)

El Kadri, Fátima
Por trás dos sete véus / Fátima El Kadri; capa, Sílvia Nastari; texto de orelha, Tatiana Eskenazi. 1ª ed. – São Paulo: Editora Quelônio, 2025.
160 p.; 13 x 20 cm.

ISBN 978-85-93229-70-1

1. Ficção: Literatura brasileira 2. Literatura brasileira: contos
I. El Kadri, Fátima. II. Nastari, Sílvia.

13-202510 CDD 869.93

Índices para catálogo sistemático:

1. Ficção: Literatura brasileira
2. Literatura brasileira : conto
869.93

Quelônio

Rua Venâncio Aires, 1072
Vila Pompeia / São Paulo - SP
CEP 05024-030
www.quelonio.com.br

Fonte ITC Garamond Std
Impressão Rettec
Papéis Pólen Bold 90 g/m²
e Cartão LD 250 g/m²
Tiragem 200 exemplares
São Paulo, maio de 2025